『なん……で……ンッ』
みなまで言い終わる前に首の後ろを掴まれ、
噛みつくように唇を奪われる。
『ん、んっ……ふっ……』
不意を突かれた唇をこじ開けられ、
獰猛な舌を口腔内にねじ込まれた。

絶対者の恋　上

岩本 薫

17704

角川ルビー文庫

絶対者の恋 上

Contents

ラシード×東堂桂一 005
アシュラフ×東堂和輝 111

口絵・本文イラスト／蓮川　愛

絶対者の恋 上

ラシード×東堂桂一

ラシード×東堂桂一《とうどうけいいち》

1

天蓋《てんがい》から垂れ下がるシルクオーガンジーが朝の陽射《ひざ》しを受けてキラキラと輝《かがや》く。まるで光の粒《つぶ》が踊《おど》っているみたいだ。

(今日は天気がよさそうだな)

寝台《しんだい》に横たわった桂一は、目覚めを促《うなが》す陽射しに春の訪《おとず》れを感じながら胸中でつぶやいた。

中東の小国であり、アラビア語で「天使」という意味を持つマラークのベストシーズンは、三月と四月、並びに十月と十一月。つまり春と秋だ。

夏は時間帯によって摂氏《せっし》50℃まで気温が上がる猛暑《もうしょ》となるので、あまりオススメできない。

冬は夏に比べれば過ごしやすいが、日が落ちれば意外なほどに気温が下がり、肌寒《はだざむ》い。また、雨も降る。

となると、日中外に出ることができて、昼と夜の温度差がゆるやかな春と秋が、訪れるに最適な時季ということになる。

桂一自身、マラークに移住してもうすぐ一年になるが、四季を通して体験した結果、このふたつのシーズンが一番過ごしやすいと身を以《もっ》て感じていた。

とはいえ、50℃を越《こ》す酷暑《こくしょ》であっても、慣れてしまえば日本の夏より過ごしやすいのも事実だ。

もともと湿気《しっけ》がなく、空気がカラッと乾《かわ》いているのが第一の理由。猛暑に備えた環境《かんきょう》が整っているのが第二の理由。都市部はすべての公共施設《こうきょうしせつ》にエアコンが完備され（豊潤《ほうじゅん》なオイルマネーの賜《たまもの》だろう）、移動も車がメインなので（マラークに鉄道や地下鉄はない。交通機関はバスと車のみだ）、汗《あせ》をだらだら掻《か》いて体力を消耗《しょうもう》することがまずない。日本の夏特有の、じっとりベタベタな不快さとも無縁《むえん》だ。

このように住めば都のマラークだが、ゲストとして訪れるならば、やはりベストシーズンを選択《せんたく》するのが最善であることは間違《まちが》いないだろう。

だから弟の和輝《かずき》が、春休みを利用してマラークを再来訪することが決まった時、桂一はうれしかった。弟にぜひともマラークの一番いいシーズンを体験してもらいたかったからだ。

この四月に大学院に進む和輝が、前回マラークを訪れたのは昨年の七月だった。

初訪問での砂漠《さばく》の酷暑の洗礼は、初心者にはいささかハードだったに違《ちが》いない。

しかもその際、和輝はあるトラブルに巻き込まれた。

反逆者一味の謀略《ぼうりゃく》をたまたま知ってしまったことにより彼らに拉致監禁《らちかんきん》され、危《あや》うく人身売買マーケットで売り飛ばされるところだったのだ。

結果的に最悪の事態は免《まぬか》れたが……いま思い出しても冷や汗が出る。

そんな経緯《けいい》があったので、和輝がふたたびマラークに遊びに来てくれるのが余計にうれしかったのだ。再訪の意志を持つということは、少なくとも、マラークの印象が悪いものばかりではなかったということだろう。

いまやマラークを第二の故郷と思う桂一にとって、一ヶ月前に弟から届いた【春休みにそっちに行けるかも】というメールは、今年に入って一番心が浮《う》き立つ知らせだった。

昨年の五月、警察のＳＰ職を辞した自分が、マラークへ渡《わた》ることを告げた時は、その和輝に猛反対《もうはんたい》された。

だがそれも当然だ。国王が崩御《ほうぎょ》し、いまだ情勢が不安定な中東の小国へ単身渡ると聞いて、心配しない身内なんていないだろう。

もちろん両親にも大反対された。伯父《おじ》や伯母《おば》を巻き込んだ親族会議まで開かれた。

それでも自分の決意は揺《ゆ》るがなかった。

マラークへ赴《おもむ》き、ハリーファ王家の第二王子である恋人《こいびと》——ラシードの私設のボディガードとして彼を護《まも》るという決意が翻《ひるがえ》ることはなかった。

だから、周囲の反対を振《ふ》り切る形でマラークへ渡った。

実子ではない自分を我が子同然に愛し、育ててくれた両親に対する裏切り行為《こうい》であることは重々わかっていたが、自分の気持ちを偽《いつわ》ることはできなかった。

二十七年間の人生で初めて抱《いだ》いた、家族以外の誰《だれ》かを愛《いと》おしいと思う気持ち。

抑制《よくせい》心の強い自分が、すべてを引き替《か》えにしてでも欲しいと思った相手。

それが——五歳年下の、同性のアラブ人であったのは、運命の神様のいたずらか。それとも必然だったのか。

弟の和輝にだけは真実——ラシードと恋仲《こいなか》であること——を告げてあったので、後日マラークにやってきた和輝をラシードに紹介《しょうかい》した時は、内心かなりドキドキした。

和輝が、自分から兄を奪《うば》った（……と思っている節が言葉の端々《はしばし》から見受けられた）ラシードを快く思っていないことは推測できたし、実際に会わせてみたところで和輝が反抗《はんこう》的な態度を取ったり、ふたりのソリが合わなかったらどうしようかと不安だったのだ。

だがそれは杞憂《きゆう》に終わった。

ラシードが王族とは思えないフランクさで接したせいもあってか、年の近いふたりはすぐに打ち解け合ったようだ。

それどころか和輝は、反乱分子によるラシード襲撃《しゅうげき》を未然に防いでくれた。

この件に関しては、どれほど感謝してもし足りない。弟であることを脇《わき》に退《ど》けても、和輝はラシードと自分の恩人だ。

その上、和輝は帰国の間際《まぎわ》、ラシードに対して、身内ならではの真摯《しんし》な思いを言葉にしてくれた。

る。その献身《けんしん》を受け止めてやってくれ。
——ラシード。兄をよろしく頼《たの》む。兄はあんたのために警察を辞《や》め、家族と離《はな》れてここにい
大切にする。必ず幸せにする。
——わかっている。日本の父上や母上が心配なさることのないよう、この命に代えてケイを
しっかりと固い握手《あくしゅ》を交《か》わすふたりを見て、目頭《めがしら》が熱くなるのを堪《こら》えきれなかった。
年が近いせいもあってか、和輝にシンパシーを感じていたらしいラシードは、今回の再訪を
とても喜んでいる。
『昨年の夏は公務が忙《いそが》しくて、せっかくマラークまで来てくれたカズキと親交を深めることが
できなかった。アッシュにすっかりアテンド役を持っていかれたからな。今度こそ時間を作っ
てできるだけたくさんカズキと話がしたい』
和輝の再来訪を翌日に控《ひか》えた昨夜——ラシードが自分に告げた台詞《せりふ》を思い起こす。
(……そうなんだよな)
ラシードの兄でハリーファ王家の第一王子であるアシュラフ殿下《でんか》は、どうしたことか、和輝
をいたく気に入ったらしい。
前回の和輝の来訪時、弟リドワーンの「忠誠の誓《ちか》い」の儀式に参加するためにマラークに帰
国していたアシュラフが、公務で動けないラシードと自分に代わって和輝をもてなしてくれた。
自分の別邸《べってい》に泊《と》まらせ、南仏や地中海などにも帯同し、トータルで一ヶ月半ほど一緒にいた

のではないか。夏のバカンスの大半を和輝と共に過ごした計算になる。

ラシードも、『多忙《たぼう》なアッシュがあそこまでべったり面倒《めんどう》をみるのはめずらしい。よっぽどカズキを気に入ったんだな』と驚《おどろ》いていたほどだ。

たしかに、よほどウマが合ったとしか思えない。

はじめの頃《ころ》は、和輝のほうはアシュラフに反発しているようにも見えたのだが……やはり自分を救い出してくれた恩人というのが大きかったのかもしれない。

そうなのだ。王宮から何者かに連れ去られた和輝が、隣国《りんごく》ファランに囚《とら》われているという情報を得るやいなや、単身危険なスラム地域へ赴き、監禁《かんきん》状態から救い出したのは、他《ほか》ならぬアシュラフだった。

負けん気が強く、他人に借りを作るのをヨシとしない和輝も、さすがに恩を感じているに違いない。いや……単に恩義だけで、あの和輝があそこまで懐《なつ》くとも思えないから、アシュラフを尊敬できる年上の男性と認めてのことだろう。

前王ファサドの長子であり、世界屈指《くっし》の投資家でもあるアシュラフが、和輝の尊敬を勝ち得るだけの人物であるのは間違いなかった。桂一自身、マラークの経済発展と国情の安定のために世界を飛び回るアシュラフを心から尊敬している。

そしてどうやらふたりは、和輝が日本に帰り、アシュラフが本拠地《ほんきょち》のニューヨークに戻《もど》ったあとも、密に連絡《れんらく》を取り合っているらしい。時には海を越えて逢瀬《おうせ》の機会を持っているようだ。

昨年の秋にはアシュラフが日本を訪《おとず》れ、クリスマスには逆に和輝がニューヨークへ渡ったと聞いた。

今回の和輝のマラーク再来訪にも、実はアシュラフが一枚噛《か》んでいる。

そもそもは、昨年の夏以来の里帰りが決まったアシュラフが、一緒に行かないかと和輝に声をかけたようなのだ。

和輝は大学から大学院へ移行する狭間《はざま》の休暇《きゅうか》中ということもあって、その申し出を受けたようだ。大学院に入ったら国家試験に向けての準備も始まる。その前にリフレッシュしておこうという腹らしい。「そろそろ桂一の顔も見たいし、ちょうどいいタイミングかなって思ってさ」と電話で言っていた。

まずはアシュラフがプライベートジェットで日本まで飛び、ピックアップした和輝と共にマラークへ向かう予定になっている。いまごろはすでに機中でくつろいでいるはずだ。

アシュラフ所有のPJならば下手《へた》な飛行機より安全だし、ファーストクラス相応の快適な旅が約束されるのは間違いないが、多忙なアシュラフにツアーコンダクター紛《まが》いの真似《まね》までさせるのは、さすがに身内として申し訳なく……。

弟がアシュラフの包容力に付け込んでわがままを言っているのではないかと不安に思い、当人にメールでそのあたりを問《と》い質《ただ》してもみたのだが。

【向こうがそうしたいって言ってんだから別にいいんじゃね？】

実にあっけらかんとした返事が来た。

そう言われてしまえば、ふたりで決めたことにそれ以上は口を挟《はさ》めない。アシュラフも自分が誘ったからと気を遣《つか》ってくれているのかもしれないし……。

アシュラフは、カリスマ性と大人の包容力を兼《か》ね備《そな》えた人物だが、同時に細やかな気遣《きづか》いもできる人だ。

昨秋日本を訪れた折に、自分と和輝の生家をわざわざ訪ねてくれたと両親から聞いた時は驚いた。

――弟のラシードはケイに二度、命を救われました。ラシードにとってケイは命の恩人です。ハリーファ王家にとっても、身を挺《てい》して家族を護ってくれた恩人です。現在、混乱を防ぐために公《おおやけ》には一部の反逆者による謀《はかりごと》があった件は伏《ふ》せられておりますが、真実を知れば、すべてのマラーク国民がケイへの感謝の言葉を惜《お》しまないでしょう。

――ケイはもはや王室になくてはならない、王家の一員と言っても過言ではない重要な存在ですが、そうであると同時に、ご両親にとっても掛《か》け替《が》えのない大切なご子息でありましょう。そのご子息を、政情が安泰《あんたい》とは言い難《がた》い異国に送り出してくださったことに、我々は深い感謝の念を抱いております。今しばらく時間がかかるかもしれませんが、王室と国民で力を合わせ、必ずやマラークを安定した国情に導き、ケイを元気な姿でご家族の下へお返しすることをお約束します。それまでは大切なご子息の力を借りることをお許しください。

両親の不安を取り除くために、自ら世田谷の住宅街まで足を運び、父と母に直接謝辞を述べてくれたと知り、胸が熱くなった。

仮にも一国の王子が、一介《いっかい》の庶民《しょみん》に過ぎない両親に頭を下げてくれたのだ。

（そうだ。その御礼《おれい》も申しあげなくては）

昨年の夏以降、アシュラフがマラークに帰国することはなく、従ってその件について御礼を述べる機会もなかった。

日頃《ひごろ》から弟をかわいがってもらっていることに対しての謝意とは別に、もうひとつ、アシュラフに感謝すべき事柄《ことがら》を思いついた桂一は、ますますもってアシュラフと和輝の到着《とうちゃく》が楽しみになった。

ふたりを乗せたＰＪは、午後にはマラーク国際空港に着く予定だ。

（もうすぐふたりに会える）

浮《う》き立つ心のままに、ふかふかの枕《まくら》から頭を起こす。

明け方に目を覚ましてから、ベッドに横になった状態で、つらつらと思考を漂《ただよ》わせていたが、そろそろ侍従《じじゅう》たちが起きる時間だ。

自分もシャワーを浴びて身支度《みじたく》を調《ととの》え、ラシードを起こしに行かなければ。

いつもは一緒のベッドで寝《ね》たがるラシードも、昨夜ばかりは、『アシュラフ殿下と和輝の来訪に備えて睡眠《すいみん》を充分《じゅうぶん》に取っておきたい』という桂一の要望を受け入れてくれた。正直助かった。だいぶ慣れてきたとはいえ、ラシードと愛し合った翌日は、腰《こし》のだるさを引き摺《ず》ることもままあるからだ。

「さぁ今日は忙しくなるぞ」

ひとりごちた桂一は、ナイトテーブルの眼鏡《めがね》を手に取り、装着する。視界をクリアにしてから、独《ひと》り寝には広すぎる天蓋《てんがい》付きのベッドを降り、革製《かわせい》のルームシューズに足を入れた。

その日、宮殿《きゅうでん》内を往《ゆ》き来する宮廷《きゅうてい》職員たちは朝からどことなく浮き足だった様子で、立ち居《い》振《ふ》る舞《ま》いもどこかしら落ち着きがなかった。

彼らにとっても、第一王子の帰国は特別なことなのだと改めて思い知る。粗相《そそう》の無いようにと気を引き締《し》める心持ち半分、ひさしぶりの里帰りを宮廷を挙げて歓待《かんたい》したいという気負い半分といったところか。

平素よりテンションの高い空気を感じつつ、桂一はいつものように午前中いっぱいを、執務《しつむ》室で公務をこなすラシードに付き添《そ》うことに充てた。

天蓋付きの安楽椅子《いす》にゆったりと座すラシードの姿は、煌《きら》めく黄金の髪《かみ》と華《はな》やかな美貌《びぼう》、そして白い民族衣装の相乗効果で実に優美だが、執務官の報告に耳を傾《かたむ》ける眼差《まなざ》しは真剣《しんけん》そのものだ。

同じく民族衣装に身を包んだ桂一は、安楽椅子の斜め後ろに立ち、目の端《はし》で恋人《こいびと》の横顔を捉《とら》える。

直立不動の執務官を前に、胡桃《くるみ》色の額に指を添えて思案していたラシードがおもむろに口を開いた。

『わかった。その件に関しては、部族の首長《シーク》たちと話し合いの場を持とう。直接彼らの主張を聞きたいし、意見交換《こうかん》もしたい。みんなが集まれる日程を摺り合わせてくれ。その際、必ず全員が集まれるようにすること。ひとりでもその場に参加できなければ、のちのち不満が燻《くすぶ》る種になる。それだけは徹底《てってい》してくれ』

『畏《かしこ》まりました』

一揖《いちゆう》した執務官が退室する。だが一息つく間もなくノックが響《ひび》き、次の執務官が入室してきた。朝からすでに四人目だ。拝謁《はいえつ》を待つ官吏《かんり》は、毎日平均十人はくだらない。

ラシードが米国の大学を卒業後、祖国マラークに戻り、王家の一員として政《まつりごと》に携《たずさ》わるようになって、半年余りが過ぎた。

昨年の五月の前王ファサドの崩御《ほうぎょ》後、現在王位継承《けいしょう》権第一位の座にあるのは、ファサドの三人の息子《むすこ》のうち、末っ子のリドワーンだ。本来ならば長子であるアシュラフが次期国王となるのが本筋だが、彼は成人すると同時に王位継承権を放棄《ほうき》してしまった。

故《こ》ファサド国王は死の間際《まぎわ》、次男のラシードを次期国王に指名したが、ラシードは弟のリドワーンに王座を譲《ゆず》った。実母が英国人である自分は、生粋《きっすい》のアラブ人為政者《いせいしゃ》を望む国民の意に添わないであろうという思いからだ。

こうして長男と次男が相次いで辞退した結果、王太子となった三男のリドワーンだが、彼はまだ未成年であるため、十八歳の誕生日を迎《むか》え、士官学校を卒業した秋以降に正式に王位を継《つ》ぐこととなる。

それまでは、ファサド前国王の弟で兄弟たちの叔父《おじ》であるカマル殿下《でんか》が宰相《さいしょう》として政を担《にな》う。だがそれも表向きのことで、実のところは半年前からラシードが実権を握《にぎ》っていた。

現在アシュラフは米国を拠点《きょてん》に世界を飛び回っており、リドワーンは士官学校で寄宿生活を送っているので、王宮に住む直系の王族男子はラシードのみだ（カマル殿下は郊外《こうがい》にある自身の宮殿に住んでいる）。

そのせいもあって、この半年余りのラシードは、朝早くから執務室に籠《こ》もり、入れ替《か》わり立ち替わり「お目通りを願う」官吏に応対する多忙《たぼう》な生活が続いているのだ。

執務官たちが上げてくる案件に漏《も》れなく目を通し、ジャッジを下すのが主な仕事だが、もちろん独断ではなく、最終的には長老と言われる閣僚《かくりょう》と協議を重ねての采配《さいはい》となる。カマル殿下の知恵《ちえ》を借りる時もある。国を開くことに保守的なベドウィンの首長たちと侃々諤々《かんかんがくがく》やり合うこともある。発展途上《とじょう》故に国内の問題も山積みだが、アラブ諸国、ひいては世界各国との駆《か》け引きである外交問題には、とりわけ神経を使うようだ。他国の大使や外交官との面談が続く日は、夜になるとぐったりしている。

それでも愚痴《ぐち》ひとつ言わずに、リドワーンが王座に就《つ》くまで国王不在の政を、一手に担っている。そんなラシードの隠《かく》れた献身《けんしん》を国民は知らない。

無論、側近たちはわかっているが、彼のマラークへの忠節を知らない国民は、いまだに素行の悪い遊び人のイメージしか持っていない。中には他民族の血が混じっているというだけで、忌《い》み嫌《きら》う者もいるくらいだ。

そのことを思うと、桂一はなんとももどかしい気分になる。

真実を国民に広く知らしめたい衝動《しょうどう》に駆られ、そのもやもやとした想《おも》いを当のラシードにぶつけたこともあった。

だがラシードには『そんなことをしたって誰《だれ》も喜ばない』と一蹴《いっしゅう》された。

『俺たち王族がなにより優先しなければならないのはマラークの国益。重要なのは、王座に就いたリドワーンが長く安定した治世を行うことだ。俺たちはいま、その地盤《じばん》を築くための下準備をしている』

『それは……そうですが』

『それに俺は、別に誰にどう思われようと構わない。あんたと家族、側近、そして「楽園」におられる父上にだけわかってもらえればいいんだ』

そう告げるラシードの碧《あお》い瞳《ひとみ》は、その言葉が決して強がりでないことを表して穏《おだ》やかに凪《な》いでいた。

ファサド国王が亡《な》くなる前、父に後継者《こうけいしゃ》に指名されたラシードは、その栄誉《えいよ》を丁重《ていちょう》に辞退している。

――私は、私の中に流れる異国の血を恥《は》じているわけではありません。たしかに疎《うと》ましく思った時期もありましたが、今はそれも含《ふく》めて自分という人間なのだと受《う》け容《い》れております。ですが、この血によって国民に少しでも不信感を与《あた》えるのであれば、敢《あ》えて私が表立つ必要はないと考えました。

断りはしたが、和解した父からの指名を心から喜んでいたのは桂一にはわかっている。長らく確執《かくしつ》があった父に最期の最期に認めてもらえたことは、ラシードを長く苦しめた過去のトラウマから解き放った。

――リドワーンが成人するまでは、今まで同様にカマル叔父に国政を担っていただき、私も大学を卒業後にはマラークに戻《もど》り、陰《かげ》ながらリドワーンを支えます。

――今後は兄弟で力を合わせ、お互《たが》いに足りない面を補い合い、マラークを支えていきたいと思います。

病床《びょうしょう》の父にラシードが宣言した際の、ファサド国王の安堵《あんど》の笑《え》みは、いまだ桂一の脳裏《のうり》にしっかりと焼き付いている。

ラシードはいま、亡き父との約束を果たすために、持ちうる全知力とほぼすべての時間をマラークに捧《ささ》げているのだ。

出会った頃《ころ》は、華《はな》やかな美貌と若さ故の尖《とが》った言動ばかりが目についたが、最近ではすっかり為政者としての落ち着きと風格が出てきた。宰相役を担って半年が過ぎ、いくつかの大きな山場を越《こ》えて、自信もついてきたのだろう。

(本当に立派になられた)

眩《まぶ》しいものを見るような眼差しで、桂一は凜《りん》とした佇まいのラシードを見つめた。

日々著《いちじる》しく成長していく愛するひとを陰ながら支えていきたい。

それこそが、警察を辞《や》め、家族と離《はな》れてまで、自分がいまこの異国にいる意義だ。

四人目の官吏が去り、ふたりきりになった隙《すき》を見計らい、桂一はラシードに話しかけた。

『お疲《つか》れではないですか？　少し休憩《きゅうけい》を取られては？』

いくら体力があっても、ずっと神経を張り詰《つ》めている状態では疲労《ひろう》も溜《た》まるだろう。そう思って伺《うかが》いを立てたのだが、ラシードは首を横に振《ふ》った。

『昼過ぎにはアッシュとカズキが到着《とうちゃく》するから、できるだけ午前中に片付けておきたい』

『畏まりました』

客人を全力でもてなしたいという気持ちが伝わってきて、微笑《ほほえ》んで引き下がる。するとラシードが「こっちへ」というふうに手招いた。なにごとかと訝《いぶか》りつつも身を寄せた桂一の腕《うで》を、ラシードが摑《つか》む。そのままぐいっと引かれて体がぐらりと傾《かし》いだ。

『………っ』

バランスを崩《くず》した腰《こし》をさらに引き寄せられ、ラシードの膝《ひざ》の上に乗り上げてしまった。あわてて降りようとしたが、ラシードはそれを許さない。横座りの桂一を後ろから抱《だ》き締《し》め、首筋に顔を埋《うず》めてきた。

『なっ、なにを……っ』

『休憩の代わりだ。このほうが短時間でエネルギーをチャージできる』

『こんなところでいけません！』

『俺たち以外誰もいない』

たとえふたりきりだとしても、神聖な執務室《しつむ》でふしだらな真似《まね》は許されるものではない。

『なりません』

身を捩《よじ》って抗《あらが》う桂一に、ラシードがふっと口許《くちもと》を緩《ゆる》めた。

『相変わらずお堅《かた》いな。……ベッドの中じゃ色っぽく乱れるのに』

色悪めいた表情と戯《ざ》れ言にカッと顔が熱くなる。眼鏡のレンズ越《ご》しにキッと睨《にら》みつけると、ラシードの美貌がますます笑みを深めた。

『──キスを』

指で顎《あご》を持ち上げての要求に、『ラシード！』と声を荒《あ》らげる。だが敵はまるで動じなかった。しれっと『キスくらいいいだろ?』と言い返す。

『昨夜はあんたの希望を受け入れて別々に眠《ねむ》ったんだぞ』

その件を持ち出されると弱かった。

ラシードが言い出すと引かないのも身に染《し》みてわかっている。

それに……こうして抗《あらが》っている間も、いまにも次の執務官《しつむ》がドアをノックしそうで気が気じゃなかった。

(どうせすることになるなら、早く済ませてしまったほうがいい)

そう判断し、顔を仰向《あおむ》けて目を閉じる。しかし敵も然《さ》る者、桂一が柔順《じゅうじゅん》に従うと見るや、要求をエスカレートさせてきた。

『あんたからするんだ』

『えっ……』

両目をぱちっと開ける。

『私から……ですか?』

『早くしないと誰かがドアを開けるかもしれないぞ?』

腹の中を見透《みす》かすような意地の悪い物言いに、桂一は唇《くちびる》を噛《か》み締めた。

急《せ》かすみたいに体を揺《ゆ》すり上げられ、渋々《しぶしぶ》と片手をラシードの肩《かた》に添《そ》える。ふたたび目蓋《まぶた》を閉じてゆっくりと顔を近づけていく。

キスなんていままでそれこそ何百回、何千回したかわからない。だが、いざこんなふうに改まって自分から「する」となると緊張《きんちょう》した。

手のひらがうっすら汗《あせ》ばんでいる。ラシードの吐息《といき》が唇にかかり、びくりと体が震《ふる》えた。首筋にじりじりと灼《や》けるような火照《ほて》りを感じつつ、唇に唇でそっと触《ふ》れる。

少しかさついた軟《やわ》らかい感触《かんしょく》を、ちゅくっと啄《ついば》んだ。反応がない。もう一度ちゅっと吸った。それでもラシードはノーリアクションだった。

(なんで？)

少し焦《じ》れて、今度は唇を強く押しつける。ぺろっと舌で舐《な》めてもみた。結果は無反応。

『………』

これ以上はどうしていいかわからず、もじもじと身じろぎながら、薄目《うすめ》を開ける。深海のような碧い瞳と視線が合った。恨《うら》みがましい目つきで軽く睨む。

「おまえからしろ」と要求しておいて、なぜ応《こた》えてくれないのか。口を尖らせ、文句を言おうとした。

『なん……で……ンッ』

みなまで言い終わる前に首の後ろを摑まれ、嚙みつくように唇を奪《うば》われる。

『ん、んっ……ふっ……』

不意を突《つ》かれた唇をこじ開けられ、獰猛《どうもう》な舌を口腔《こうこう》内にねじ込まれた。

『……ッ……』

入って来るなり、厚みのある舌が口の中を傲慢《ごうまん》に暴れ回る。奇襲《きしゅう》に自分を立て直す間もなく舌ごと揉《も》みくちゃに掻《か》き混ぜられ、頭の芯《しん》がクラクラした。

『……ンッ……ふぅ』

鼓膜《こまく》にくちゅっぬちゅっと濡《ぬ》れた音が響《ひび》き、呑《の》み込みきれない唾液《だえき》が溢《あふ》れて喉《のど》が濡れる。

気がつくと桂一はラシードの首にしがみついていた。恋人《こいびと》の情熱的なくちづけに夢中で応える。互いの舌を深く絡《から》め合い、唾液を混じり合わせる。

口腔内を愛撫《あいぶ》される気持ちよさと酸欠とが相まって頭が白く霞《かす》み、気が遠くなりかけた頃、やっと口接が解かれた。ラシードの胸に火照った顔を押しつけ、乱れた呼吸を整える。

『……ケイ』

ラシードがカフィーヤの上から頭にくちづけてきた。熱い息がつむじにかかる。

『……ふ……』

ぎゅっと抱き締めてくる恋人の腕の強さに酔《よ》いしれていると、背後でコンコンとノックが響いた。

『……っ』

その音ではっと我に返り、あわててラシードの拘束《こうそく》を解く。膝の上から飛び降りた。

『おい』

不満そうなラシードの手を振り払《はら》い、いつもの定位置に戻《もど》る。

(馬鹿《ばか》……なにやってるんだ)

自分を責めながら口許を拭《ぬぐ》っている間に再度ノックが響《ひび》いた。応答がないことに焦れた執務官の催促《さいそく》だ。

『ラシード、執務官が待っています』

ずれたフレームを中指で押し上げた桂一の促《うなが》しに、ラシードが片眉《まゆ》を持ち上げる。

『余韻《よいん》を味わう暇《ひま》もなしか』

『充分《じゅうぶん》にチャージされたはずです』

前方を見据《みす》えた桂一は、クールに切り返した。

『わかったよ……続きは夜までお預けだ』

肩《かた》を竦《すく》め、低くつぶやいたラシードが、ドアに向かって張りのある声を放つ。

『――入れ！』

アシュラフと和輝の到着《とうちゃく》を侍従《じじゅう》から知らされたのは、午後の二時を少し過ぎた頃《ころ》だった。

桂一とラシードは本日分の公務を終え、ラシードの私室で来客の到来《とうらい》をいまかいまかと待ち侘《わ》びていた。

『来たか！』

首を長くして待っていたラシードが、肘掛《ひじか》け椅子《いす》から勢いよく立ち上がる。

『先程《さきほど》リムジンで王宮に入られ、ただいまこちらへ向かっていらっしゃいます』

ラシード付きの侍従であるザファルが、やや興奮の面持《おもも》ちで告げた。

彼にとっても第一王子の帰還《きかん》は心が浮《う》き立つ出来事なのだろう。ましてやザファルは、前回のマラーク訪問時に、付き人として和輝の世話を焼いた経緯《けいい》がある。二重の意味でふたりのマラーク訪問を心待ちにしていたようだ。

桂一は、到着の知らせに、ひとまず胸《むね》を撫《な》で下《お》ろした。

(まずは無事にマラークに着いてくれてよかった)

アシュラフのプライベートジェットならば問題ないと思っていたが、それでも万が一ということもある。顔を見るまでは安心できないと思っていたからだ。

椅子の周辺をそわそわと歩き回り、落ち着かない様子のラシードを微笑ましく眺《なが》めていると、コンコンとノックの音が響く。

『ラシード殿下《でんか》、アシュラフ殿下とお客人のご到着です』

ザファルとは別の侍従の声が聞こえ、両開きの扉《とびら》が左右に開いた。二枚扉の両脇《りょうわき》に軍服を着た王室警護隊の衛兵が見える。護衛である彼らの間を抜《ぬ》けて、長身の立派な体格の美丈夫《びじょうふ》と、すらりとスタイルのいい若い男が入ってきた。

ウェーブのかかった長い黒髪《くろかみ》がトレードマークのアシュラフは、仕立てのいい三《み》つ揃《ぞろ》いのスーツに身を包んでいる。鞣《なめ》し革《がわ》のような浅黒い肌《はだ》と、精悍《せいかん》と言い切ってしまうには色気（あくまで男性的な）が勝ったエキゾティックな美貌《びぼう》。相変わらず、息を吞む男ぶりだ。

弟のラシードとは太陽と月ほどに対照的なルックスだが、共に特別なオーラを纏《まと》う点ではこの兄弟は相通ずるものがある。

一方、アシュラフと比べてしまうとぐっと細身の和輝は、めずらしくジャケットを羽織っていた。ネクタイこそ締《し》めていないが、白シャツに濃紺《のうこん》のジャケットと対のトラウザーズという畏《かしこ》まった出《い》で立ちだ。前回はシャツにジーンズだったことを思うと、ずいぶんと大人びたように感じる。

（元気そうだ……）

服装以外は記憶《きおく》の中の姿と寸分違《すんぶんたが》わない。若々しく生気に満ちた弟を一瞥《いちべつ》して安堵《あんど》した。

『アッシュ！』

ラシードが兄の通り名を呼び、両手を広げて歩み寄る。

『ラシード！』

こちらもアシュラフが両手を広げ、ふたりは抱《だ》き合った。

イスラム圏《けん》では、男同士でも親愛の情を示すためにハグし合い、時には額や頰《ほお》にキスをする。

桂一もこちらに移り住んですぐの頃は、会ったばかりのアラブ人にいきなり抱きつかれて面食《めんく》らった。移住から一年近くが経《た》ち、慣習の違《ちが》いにもずいぶんと慣れたが。

互《たが》いの体調を探《さぐ》り合うためか、背中や脇腹《わきばら》にぽんぽんと手で触れてから、兄弟はハグを解いた。今度は顔を覗《のぞ》き込み、肌の色艶《いろつや》や目の輝《かがや》きを確かめ合う。

『元気そうだな』

『アッシュも』

満足げな笑《え》みを浮かべ、ふたりは少し距離《きょり》を取った。兄の壮健《そうけん》を確認《かくにん》し終わったラシードが、次にアシュラフの傍《かたわ》らに立つ和輝に右手を差し出す。

『カズキ、昨年の夏以来か』

『だね。ひさしぶり』

『アハレーン・ゥ・サハレーン！　またマラークに来てくれてうれしいよ』

『俺もラシードたちに会えてうれしい』

ラシードと和輝が再会を喜び合っている間に、アシュラフが桂一に手を差し出してきた。

中指に大振《おおぶ》りの指輪が嵌《はま》っている。宝石と金をあしらったゴージャスな指輪が、「アサド・サウド《砂漠の獅子》」と呼ばれる彼にはよく似合った。

『ケイ、ひさしぶりだな』

『アシュラフ殿下、お会いできてうれしいです』

差し出された大きな手を軽く握《にぎ》る。オーラが凄《すご》くて一見近寄りがたく感じるが、こうして触《ふ》れてみるとあたたかくて人間味溢れる手だ。

『いつもラシードの警護をありがとう。ケイが側にいてくれるから俺も遠方で安心していられる』

ラシードはいままでに二度、命を狙《ねら》われている。アシュラフとしても、弟の身が心配なんだろう。

『ただお側《そば》にいることしかできておりませんが』

『なによりそれが一番だ』

力強く肯定《こうてい》したアシュラフが、握手《あくしゅ》している桂一の右手を、さらに左手で包み込むようにした。ぎゅっと握り締めてくる。

『感謝している』

『殿下……』

あたたかい手のひらから感謝の念が伝わってきて、弟を想《おも》う兄の気持ちに胸を熱くしていると、苛立《いらだ》った声が横合いから飛んできた。

『いつまで握り合ってんだよ？』

『ラシード』

桂一の手を離《はな》したアシュラフが、おかしそうに口許《くちもと》を歪《ゆが》める。

『そうカッカするな。男の焼き餅《もち》はみっともないぞ』

『誰《だれ》が焼き餅焼いたよ!?』

　ムキになって大きな声を出すラシードには構わず、桂一は和輝に向き直った。

『よく来たな』

『うん』

　和輝がいささか照れくさそうに薄茶色《うすちゃいろ》の双眸《そうぼう》を細めてうなずく。

　栗色《くりいろ》の髪《かみ》と明るい瞳《ひとみ》のせいもあって、子供の頃はたびたびハーフと間違《まちが》えられていた。スタイルがよく顔立ちもすっきり整っているので、中学・高校時代はちょくちょくモデルにスカウトされることもあったようだ。

　改めて間近で見ると、顔の輪郭《りんかく》がいっそうシャープになり、そのためかより洗練された雰囲《ふんい》気《き》になったように感じる。日本人離《ばな》れしたすんなり伸《の》びやかな手脚《あし》は健在だが、青年期から大人の男への階段を上りつつあるのかもしれない。さっき、大人びたと感じたのは間違いじゃなかった。

　成長著《いちじる》しい弟を、眩《まぶ》しいものを見るような眼差《まなざ》しで見つめ、桂一は口を開いた。

『父さんと母さん、伯父《おじ》さん、伯母《おば》さんは変わりがないか？』

『みんな元気だよ。おふくろなんか元気過ぎて最近ボクササイズ始めてさ。家でもどったんばったん、うるせぇのなんの。小太郎《こたろう》も元気だし。……兄さんも元気そうで安心した』

和輝が「兄さん」と自分を呼ぶようになったのはいつからだったのだろうか。つい最近まで、「桂一」と呼び捨てにしていた気がするのに。

（たしかその前は「桂一兄《にい》」と呼んでいたはずだ。なにか心境の変化があったのか？）

そんなことを考えながら弟の顔を眺《なが》めていると、ラシードが『立ち話もなんだ。座ろう』と促《うなが》した。

四人で居間に移動する。

コの字型に長椅子《ながいす》が配置され、壁《かべ》にはコーランがあしらわれた色鮮《いろあざ》やかなタペストリーが飾《かざ》られているコーナーだ。折り重なるクッションを背もたれにして、それぞれが長椅子に座す。象嵌《ぞうがん》細工が美しいテーブルに、侍女《じじょ》が人数分のデミタスカップをサーブした。

アルコールが禁止されているイスラム諸国では、もてなしの代表格はコーヒーか、甘いお茶《チャイ》ということになる。

アラブのコーヒーにはカルダモンの粉と砂糖が入っているものが多いが、王宮で出されるコーヒーは、ベドウィンたちが昔から飲んできた本格的なアラブ・コーヒーだ。粉を沈《しず》ませて上澄《うわず》みを啜《すす》るトルコ・コーヒーとも違う。

砂糖抜きのブラックコーヒーは、独特の苦みとコクがあり、なかなかに美味《うま》い。

『あ……これ、美味い！』

案の定、カップに口をつけた和輝が弾《はず》んだ声で言った。

『だろう？　湯を薪《まき》の火で沸《わ》かし、じっくりと時間をかけて煮《に》出したコーヒーで、「カフワ・ムッラ」と言うんだ』

　ラシードが得意げに説明する。

『「カフワ・ムッラ」＝苦いコーヒーか。たしかにめっちゃ濃《こ》く淹れたレギュラーコーヒーみたいな味だな。前来た時はチャイに嵌ってそればっか飲んでたけど、コーヒーもいいね』

『客人としてアラブ・コーヒーをもてなされた際に、ひとつだけ気をつけなければならないことがある』

　アシュラフが言い出し、和輝が『なに？』と訊《き》き返す。

『飲み終わったカップを主人に返すだろう？　この時、普通《ふつう》に戻《もど》すとそれは「おかわり」を意味してしまう』

『えっ、じゃあどうすんの？』

『このように、空のカップの縁《ふち》を指で掴《つか》み、左右に振《ふ》るんだ』

　アシュラフが、飲み終えたカップを指で摘《つま》んで振って見せた。

『へー、もしそうしないと？』

『主人は永遠にコーヒーを注ぎ続ける』

　和輝が『マジ？　わんこそば状態⁉』と大きな声を出す。アシュラフとラシードが怪訝《けげん》な顔をした。

『「わんこそば」？……なんだそれは？』

『あー……』

和輝が思案するように顎《あご》を指で掻《か》く。

『日本の蕎麦《そば》あるだろ？　あれがお椀《わん》の中に入ってるんだけど、食べ終わるとすぐ新しい蕎麦が補充《ほじゅう》されるわけ。もうこれ以上食べられないってギブアップしてお椀の蓋《ふた》を閉めるまでエンドレスでおかわりが続くっていうね……』

『なにかの懲罰《ちょうばつ》なのか？』

眉《まゆ》をひそめたアシュラフに真剣《しんけん》な顔で問《と》い質《ただ》され、和輝がぷっと噴《ふ》き出す。桂一も思わず口許を緩《ゆる》めた。かくも異国の文化というものは、異邦人《いほうじん》には不可思議に思えるものが多い。

たとえば、イスラム教においては火葬《かそう》が固く禁じられており、マラークでも遺体はすべて土葬にされる。死んだ人間の体を火で焼くことができるのはアッラーのみで、それは地獄《じごく》に墜《お》ちた者への罰《ばつ》として行われるからだ。

日本では火葬が主流だと言うと、みな眉をひそめて『ハラーム！』と口走る。『ハラーム』とは、イスラム教における禁止行為《こうい》で、これを犯《おか》すと地獄に堕《お》ちると信じられているのだ。

マラークはイスラム圏の中でも進歩的な国で、とりわけ都市部では欧米《おうべい》諸国と変わらない洗練された街並みが見受けられるが、それでもいまだ敬虔《けいけん》なムスリム・ムスリマは多い。なにかにつけ『ハラーム！』の大合唱に、当初は辟易《へきえき》したものだったが——。

『カズキはこの春からマスターコースに進むんだよな？』

桂一の思考が脇道《わきみち》に逸《そ》れているうちに、三人の会話は別の話題に移っていた。ラシードの問いに、和輝がうなずく。

『そう、マスターコースの間にできれば国家公務員試験に通って、卒業後は外務省に入りたいと思ってる』

その希望を桂一が和輝から聞いたのは、昨年の秋の終わりだ。電話で告げられた。

「外交官になって、イスラム諸国と日本の友好関係を揺《ゆ》るぎないものに……ゆくゆくは発展させるような仕事がしたいと思っている」

その夢を叶《かな》えるために、いま必死でアラビア語を勉強しているのだ、と。「早く兄さんと同じくらいしゃべれるようになりたい」とも言っていた。

和輝に人生の目標ができたのは素晴《すば》らしいことだ。

器用で頭の回転がよく、なんでもすぐに会得《えとく》する反面、和輝は物事への執着《しゅうちゃく》心が薄《うす》いところがあった。ある程度のレベルまで到達《とうたつ》すると、飽《あ》きてしまうのだ。潜在《せんざい》能力が高いのにもったいないと常々思っていたので、一心に打ち込める目標ができたと知って我がことのようにうれしかった。

自分はラシードとの出会いにより、天職とまで考えていた警察を辞《や》め、生まれ故郷を出て、いまここにいる。そのことを決して後悔《こうかい》してはいないが、日本とアラブの懸《か》け橋になるべく日々努力している弟を、全力で応援《おうえん》したいと思う。

『会話はだいぶ上達したと思うんだけど、読み書きが難しくてさ』

和輝が英語から切り替《か》えたアラビア語でそう言うと、ラシードが『すごいな。ネイティブみたいな発音だ』と感心した声を出した。

『ここまで上手《うま》くなるためには相当努力したんじゃないか？』

『まぁそれなりには。でも……先生が優秀《ゆうしゅう》ってのもあるかも』

和輝がちらっとアシュラフを見る。

そのジェスチャーで気がついた。どうやらアシュラフがアラビア語の教師役を担《にな》ってくれているようだ。たしかにアラブ人の友達を作り、とにかくたくさん会話をするのが、一番手っ取り早い上達への道だろう。

和輝の感謝の念を受け取ったアシュラフが、うれしそうに口許を緩ませた。

（本当に仲がいいんだな）

ふたりが年の離れた友人として親しくしているのはわかっていたが、実際にこうして自分の目で確認《かくにん》すればじわじわと実感が湧《わ》く。

恋人《こいびと》の兄と弟が心を許し合う仲になれたのは、自分とラシードにとっても喜ばしいことだ。

『そういえば、シャムスへはいつ向かう予定？』

ラシードの質問にアシュラフが『明後日《あさって》の朝には』と答える。

今回、アシュラフの帰国には目的があった。

アシュラフたちには女きょうだいがひとりいる。アシュラフの妹でラシードの姉に当たるマリカだ。マリカは二十歳《はたち》の時に他国に嫁《とつ》いだ。

このマリカが嫁いだ先——湾岸《わんがん》の国シャムスから、王室が開催《かいさい》する競馬レース「シャムスワールドカップ」の招待を受けたのだ。四年に一度開かれる「シャムスワールドカップ」は、世界一賞金額が高いレースとして有名で、イスラム圏《けん》のみならず、世界中から多くのセレブリティが押し寄せる一大社交イベントでもある。

ただ現在、王太子のリドワーンは士官学校に在学中で、カマル殿下《でんか》やラシードは国を離《はな》れられない。そんなわけで、仕事さえクリアできれば比較的《ひかくてき》行動に束縛《そくばく》のないアシュラフが、ハリーファ王家を代表してシャムスを表敬訪問することになったのだ。

そのシャムス訪問に、アシュラフが和輝を同行者として誘《さそ》った——というのが今回の経緯《けいい》だ。

シャムスは、湾岸諸国の中でも一、二を争う経済大国。豊富な石油の埋蔵《まいぞう》量を礎《いしずえ》に近代化が進み、経済も発展している。観光地としてもたくさんの観光客を集めている。

——アッシュは、シャムスの近代化をマラークの手本にしたいと考えているようだ。それもあって忙《いそが》しい中、今回参加を決めたんじゃないかな。

アシュラフからシャムス行きを決めたと聞いて、ラシードは自分なりの見解をそう口にしていた。視察を兼《か》ねての表敬ということだろう。

『じゃあ、明日はゆっくりできるな』

ラシードの確認にアシュラフが『ああ』とうなずく。

『シャムスから戻ったあともマラークに三日滞在《たいざい》できる』

ラシードが満足げに『だったら、今回こそカズキと遊びにいけるな』と言い、残りのコーヒーを飲み干した。いたずらっぽくカップを左右に振って告げる。

『さて、まずは歓迎《かんげい》の宴《うたげ》だ』

ラシード×東堂桂一

2

六時過ぎから始まったアシュラフと和輝を歓迎する晩餐《ばんさん》は、大勢の来客で大変な賑《にぎ》わいを見せ、夜も更《ふ》けた十一時過ぎにお開きになった。

アラブ式の宴会《えんかい》は、着席の食事会などと違《ちが》ってずいぶんとフレキシブルだ。

そもそも椅子《いす》がなく、マットレスのような横長のソファに思い思いの格好でくつろぐ。座面に片膝《かたひざ》を立てて座《すわ》るアラブ式はもちろんのこと、中にはクッションを使って寝転《ねころ》ぶ者、絨毯敷《じゅうたんじ》きの床《ゆか》に胡座《あぐら》を搔く者もいる。

適当な時間にゲスト（王族や閣僚《かくりょう》、アカデミーの教授や王宮の関係者たち）が晩餐会が開かれている部屋をふらりと訪《おとず》れ、ホスト（今夜の場合はラシード）や主役（アシュラフと和輝）と談笑《だんしょう》しながらテーブルに並べられたご馳走《ちそう》を摘《つま》み、シーシャをふかし、チャイやコーヒーを吞《の》み、各自都合のいいタイミングで引き上げていく。すると入れ替わるように、また別のゲストが現れ——といった繰《く》り返しで時間がゆったりと過ぎる。

その間、飲み物と食べ物は切れることなくどんどん追加され、ウードの生演奏をＢＧＭに、ベリーダンスの余興が場に華《はな》を添《そ》える（基本的に男女同席は許されていないので、プロの踊《おど》り子たちが唯一《ゆいいつ》の「華」だ）。

口髭《くちひげ》・顎髭《あごひげ》のアラブ男が二十人近く集結したピーク時には、若干《じゃっかん》息苦しいくらいだったが、その後は五、六人が常時滞在しているちょうどいい状態のまま、最後はラシードの『主役は本日マラーク入りしたばかりで疲《つか》れている。そろそろお開きにしよう』という言葉で解散となった。

『ひさしぶりに懐《なつ》かしい面々とも話ができて楽しい夜だった。忙《いそが》しい中ホスト役を引き受けてくれてありがとう』

宴会の会場を出たところでアシュラフが、今宵《こよい》の宴を取り仕切ったラシードに感謝の言葉をかける。

『アッシュに一目でも会いたいファンは多いからさ。アッシュこそすごい人数を相手して疲れたんじゃないか？』

『いや、皆《みな》があたたかく迎《むか》えてくれてうれしかった。様々な立場からの有意義な意見もたくさん聞くことができたしな』

『ラシード、俺からもサンキュー。いろいろ話せて楽しかったよ』

和輝もラシードに礼を言った。

『こちらこそすごく楽しかった』

ラシードが笑顔《えがお》を見せる。

実際、ラシードと和輝は晩餐会の間中、ずっと楽しそうに語り合っていた。やはり年齢《ねんれい》が近いから話が合うのだろう。

ラシードはいまでこそ戒律《かいりつ》の厳しいイスラムスタイルに則《のっと》った生活をしているが、昨年の夏まではカリフォルニアで自由奔放《ほんぽう》に過ごしていた。世界有数の流行《トレンド》発信地で、最先端《さいせんたん》の生活を送っていたのだ。

二十三だし、本当はまだまだ遊びたい盛りだろう。それでもいまはマラークの国情を安定させるのが第一優先と、外遊にも出ず、国内で公務に専念している。

とはいえ、そこはデジタルネイティブ世代だから、インターネットでの情報収集は怠《おこた》らない。今夜も興味津々《きょうみしんしん》な様子で、和輝に日本独自のカルチャーについて質問を重ねていた。好奇心旺《こうきしんおう》盛《せい》な若者同士、情報交換《こうかん》も盛んにしていたようだ。

ラシードと和輝が盛り上がっていたので、必然的に桂一はアシュラフのお相手をすることとなった。だがその実、むしろ自分のほうが巧《たく》みな話術で「お相手してもらっていた」のが本当のところだ。

世界を恒常《こうじょう》的に飛び回っている彼の話は、その地を訪れた人物ならではの臨場感溢《あふ》れるエピソード満載《まんさい》で、興味が尽《つ》きなかった。気がつくと桂一は身を乗り出すようにして、アシュラフの言葉に聞き入ってしまっていた。

楽しい時間はあっという間に過ぎ、お開きの声を聞いた時には「もうこんな時間?」と驚《おどろ》いたくらいだ。

『ケイも長い時間つきあってくれてありがとう。楽しかった』

アシュラフの労《ねぎら》いの言葉に胸をほっこりさせつつ、桂一は頭を下げた。

『こちらこそ大変に興味深いお話をありがとうございました』

顔を上げると男性的な美貌《びぼう》が微笑《ほほえ》んでいる。釣《つ》られるように桂一も微笑み返した。

『ふたりともゆっくり体を休めてくれ』

ラシードがアシュラフと和輝に言い、ふたりが手を挙げて応《こた》える。

『和輝もちゃんと休んで疲れを取れよ』

桂一の言葉に和輝がうなずいた。

『また明日。お休み』

『お休み』

肩《かた》を並べて立ち去っていく民族衣装のアシュラフと、こちらはジャケットにトラウザーズ姿の和輝をしばし見送ってから、桂一もラシードと逆方向に歩き出す。

先を行くラシードを半歩遅《おく》れて追いながら、宴の余韻醒《よいんさ》めやらぬ桂一は、やや興奮した面持《おもも》ちで話しかけた。

『楽しんでいただけたようでよかったですね』

『……ああ……』

返ってきた低いトーンの声音《こわね》に、おや？　と違和感《いわかん》を覚える。思わず首を伸《の》ばし、恋人《こいびと》の顔色を窺《うかが》うと、つい先程《さきほど》までとは打って変わって憮然《ぶぜん》とした表情だ。

（さっきまで機嫌《きげん》がよかったのに……どうしたんだろう？）

変貌《へんぼう》の理由が訊《き》きたかったが、問いかけるのも憚《はばか》られる雰囲気《ふんいき》だった。

ちらちらと横目で様子を窺うものの、不機嫌《ふきげん》オーラを撒《ま》き散らすラシードに話しかけるきっかけが摑《つか》めず……。

気まずい沈黙《ちんもく》を道連れに黙々《もくもく》と回廊《かいろう》を歩き、ラシードの私室まで辿《たど》り着く。

室内に入っても、恋人の不機嫌モードは解除されなかった。カフィーヤを毟り取ってソファに投げ捨て、そのまま座面にどすっと腰《こし》を下ろす。両腕《りょううで》を無造作にソファの背に投げ出し、宙を睨《にら》んだ。

『………』

一緒《いっしょ》に部屋に入った桂一は、投げ捨てられたカフィーヤを拾い上げ、それを手にラシードの斜《なな》め前に立った。当然自分を認めているはずなのに、ラシードはこちらを見ない。まるでわざとのように桂一から視線を逸《そ》らし、モザイクタイルの壁《かべ》を睨んでいる。

当惑《とうわく》した桂一は、しばし逡巡《しゅんじゅん》したのちに、ついに思い切って『……あの』と話しかけた。

『いかがなさいましたか？　どこか具合が悪いとか……』

『……別に』

取り付く島もないとはまさにこのことだ。

苛立《いらだ》った手つきで金の髪《かみ》を雑に掻《か》き上げるラシードを前に、桂一は途方《とほう》に暮れた。

苛《いら》ついているのはわかったが、理由がさっぱりわからない。

宴《うたげ》の間に気分を害するような出来事があっただろうか。記憶《きおく》を辿ってみたが、思い当たる節はなかった。和輝と終始とても楽しそうに話をしていたし、今夜の客人はラシードに好意的な人物ばかりだったので、彼らとも和《なご》やかに談笑していた。

眉間《みけん》に不穏《ふおん》な影《かげ》を刻んだラシードの横顔を眺《なが》めているうちに、出会ったばかりの頃《ころ》を思い出す。あの頃のラシードは、慢性《まんせい》的な苛立ちを抱《かか》え、自分がなにを言っても不快そうに眉《まゆ》をひそめていた。

そう、いまみたいに。

まるで、ラシードの本心が摑めずにすれ違ってばかりいた当時に逆戻《ぎゃくもど》りしたかのような心細さを覚え、桂一は高揚《こうよう》から一転、気持ちがずぶずぶと沈《しず》み込むのを感じた。

つい数時間前まで揺《ゆ》るぎないと思えていた自分たちの絆《きずな》が、なんだかとても脆《もろ》いものに思え、背筋を焦燥《しょうそう》が這《は》い上がってくる。

黒い雨雲のような不安にじわじわと侵食《しんしょく》されそうな自分に抗《あらが》い、ふるっと首を横に振《ふ》った。

もしかしたら疲れているのかもしれない。朝から公務をハイスピードでこなした上に、宴の間中、たくさんのゲストに心を配って気疲《きづか》れしたんだろう。きっとそうだ。早めに寝《ね》て、しっかり睡眠《すいみん》を取れば、明日にはまたいつもの快活で自信家なラシードに戻《もど》るに違《ちが》いない。

込み上げる不安を押し留め、そう自分に言い聞かせた桂一は口を開いた。

『どうやらお疲れのようですので、私はそろそろ失礼いたします』

ぴくっとラシードが反応し、首を捻《ひね》ってこちらを向く。漸《ようや》く目と目が合ったかと思うと、碧《あお》い双眸《そうぼう》がじわっと細まる。どこか不満そうなその顔つきに戸惑《とまど》った。早くひとりになりたいのではないのだろうか。

いよいよラシードの心情がわからなくなったが、ひとまず頭に浮《う》かんだ提案を口にしてみる。

『あの……今夜はもうお休みになられたほうがよろしいかと』

『…………』

一瞬《いっしゅん》、ラシードはなにごとか言いたそうな表情をしたが、結局はなにも言わずに片手を振った。「さっさと行け」という仕草だ。邪険《じゃけん》な扱《あつか》いに胸がツキッと痛んだが、極力顔に出さずに一礼した。

『では失礼いたします。ごゆっくりとお休みください』

踵《きびす》を返し、戸口までまっすぐ歩く。扉《とびら》の前で振り返り、ソファのラシードに会釈《えしゃく》をしてから、桂一は二枚扉を開いて部屋の外へ出た。護衛に目礼して廊下《ろうか》を歩き出す。

「……ふう」

歩きながらラシードの前では堪《こら》えていたため息が落ちた。足首に鉛《なまり》の枷《かせ》を装着したみたいに足の運びを重たく感じる。

ちょっとラシードに冷たくされただけで、こんなにも容易《たやす》く落ち込んでしまう自分が情けなく、疎《うと》ましかった。

それと同時に、ラシードに構われ、欲《ほっ》してもらうことに慣れきっていた自分に気がつく。慢心《まんしん》していた。

恋人の若さ故《ゆえ》の情熱に胡座《あぐら》を掻いていた。

求められて当然だなんて――。

そうじゃない。自分たちは決して盤石《ばんじゃく》なんかじゃない。とても脆い地盤《じばん》の上に成り立っている関係なのだ。言うなれば砂上の楼閣《ろうかく》のようなものだ。

両の拳《こぶし》を握《にぎ》り締《し》め、唇《くちびる》をきゅっと噛《か》み締める。

(よかった)

いま心は痛いけれどよかった。そのことに改めて気がつくことができてよかった。

明日ラシードが目覚めたら、自分がどんなに大切に想《おも》っているかを伝えよう。

「言わなくてもわかってくれているはず」は驕《おご》りだ。

言葉にすることを怠らず、きちんと声に出して伝えよう。

わかってもらえるまで何度も「愛している」と繰《く》り返し言おう。

（恥《は》ずかしがっている場合じゃない）

そう心に決めたせいか、さっきより幾分《いくぶん》か足取りが軽くなった。辿り着いた自分の部屋の前で足を止める。

桂一の私室は、王宮の一角を占《し》めるラシードの居住区の端《はし》にある。ラシードの部屋とは長い廊下を経《へ》て地続きだ。もともとはラシードの上客専用のゲストルームだった部屋らしい。

ラシードは『狭《せま》いんじゃないか？』と心配していたが、どうせ寝るだけだし（それすらラシードの寝室《しんしつ》で寝ることが多いのでベッドを使わない日もある）、ちゃんと主室の他《ほか》に寝室がコネクトされており、浴室もトイレも付いている。

マラークに来るまで警察の独身寮《どくしんりょう》に住んでいた桂一には充分《じゅうぶん》な広さだった。設《しつら》えも家具も夢のように美しく、また窓からの景色も素晴《すば》らしく、なんの不満もない。

真鍮《しんちゅう》のノブを摑み、扉を開けようとして、ふとその手を止める。

（そうだ）

アシュラフ殿下《でんか》に、世田谷の実家を訪ねていただいた御礼《おれい》をしそびれていた。

「……しまった」

思わず顔をしかめる。本来ならばまず一番初めに感謝の気持ちをお伝えすべきだった。朝は覚えていたのに、ふたりが到着《とうちゃく》したあとの慌《あわ》ただしさに紛《まぎ》れて失念してしまっていた。なんだかんだいって自分も常とは異なる宮廷《きゅうてい》の雰囲気《ふんいき》に呑《の》まれ、舞《ま》い上がっていたのかもしれない。

明日ではいかにも遅《おそ》きに失した感があるし、できれば本日中に御礼を申しあげたいところだ。

左手首の腕時計《うでどけい》を見る。十一時二十分。

女性の部屋を訪ねるには失礼な時間だが、相手は男性だ。零時《れいじ》を回ってはいないので、ギリギリセーフか？　さっき別れたばかりだから、おそらくまだベッドに入ってはいないだろう。

（とりあえず……お部屋まで行ってみよう）

そう決めて、ふたたび廊下を歩き出す。脳裏《のうり》に王宮の見取り図を描《えが》き、アシュラフの部屋への最短ルートを選んだ。

ホールやサロン、回廊、数え切れないほどのゲストルーム、祈《いの》りを捧《ささ》げるモスクや尖塔《せんとう》、アシュラフたちの母が暮らすハーレム、遊歩道で繋《つな》がった大小たくさんの庭園、馬場やプールや遊技場——宮殿《きゅうでん》はとてつもなく広く、迷路《めいろ》のように入り組んでいる。だが、桂一の頭にはその全容と詳細《しょうさい》がしっかりと叩《たた》き込まれていた。

王宮で暮らし始めてまず最初にしたのが、見取り図を片手に敷地《しきち》内を限無《くまな》く歩き回ることだった。いざという際の逃走《とうそう》ルートを確保するのは、ラシードをガードするための欠かせない準備で、SP時代からの習《なら》い性《しょう》のようなものだ。

最短ルートを選んでも十分ほどを要し、漸くアシュラフの私室の前まで辿り着いた。なにしろ小さな町ひとつ分ほどの敷地面積があるのだ。

立派な二枚扉の前には、王室警護隊員が二名立っていた。王族の私室の前には必ず護衛が付く決まりになっている。

桂一の姿を認めた護衛がさっと左右に分かれ、扉の前から身を退いた。

『アシュラフ殿下はお戻りになっていますか』

桂一の問いかけに、片方が直立不動で『はい、つい先程《さきほど》お戻りになりました』と答える。

『ありがとう』

彼らに礼を言い、扉の前へと進んだ桂一は、右手を持ち上げてノックする。コンコンと鳴らしてから、『アシュラフ殿下、東堂です』と声をかけた。

しばらく待ってみたがいらえはない。戻って来たというからには室内にいるはずだが。

(もしかして入浴されているとか？)

出直すべきかどうかを迷っていると、不意に扉がギィと開いた。押し開かれた扉の中央に、アシュラフが立っている。十五分ほど前に別れた時と同じトウブを着ているが、黒のローブを脱《ぬ》ぎ、カフィーヤも取り去り、艶《つや》やかな黒髪《くろかみ》が露《あら》わになっていた。

その美貌《びぼう》は困惑《こんわく》の色合いを宿している。恐縮《きょうしゅく》した桂一は頭を下げた。

『夜分に申し訳ございません』

『ケイ、どうした？　なにかラシードに問題でも？』

懸念《けねん》を帯びた声に、あわてて首を振る。

『いいえ、そうではございません。――昨年の訪日の折、殿下が私の生家を訪ねてくださったと両親に聞きました。次にお会いする機会にぜひとも御礼を申しあげたいとかねて思っておりまして……』

『ああ……その件か』

合点《がてん》がいったようにうなずいたアシュラフが表情を和《やわ》らげ、『わざわざありがとう。入ってくれ』と入室を促《うなが》した。辞退するべきか迷ったが、せっかくの申し出を拒《こば》むのもどうかと思い、促しに応じて室内に足を踏《ふ》み入れる。

『失礼いたします』

アシュラフの私室に入ったのは初めてだ。ラシードの私室と同じか、やや広いくらいの主室に、センスのいい調度品がバランスよく置かれている。

この王宮は、各部屋によってテーマカラーが異なるが、アシュラフの私室はどうやら紫《むらさき》が基調になっているようだ。淡《あわ》いラベンダーからビビッドなパープルまで、壁紙《かべがみ》やファブリックが紫系のグラデーションで纏《まと》められている。そこに白や黒、ゴールドが差し色として効かせてあるのだが、高貴でいてゴージャスな雰囲気《ふんいき》が、まさにアシュラフその人を表しているように思えた。

家具や調度品も彼らしく洗練され、エキゾティックな民族テイストにところどころコンテンポラリーな要素が取り入れられている。

『適当にかけてくれ』

主室の一角を占める、石榴《ざくろ》色のシルクの布が張られたソファを勧《すす》められた。

『すぐにお暇《いとま》しますので』

『立ち話というわけにもいかないだろう』

自分が座らなければ、アシュラフも座れない。そう思って遠慮《えんりょ》がちにソファに腰掛《こしか》けた。アシュラフは向かい合う形で肘掛《ひじか》け椅子《いす》に腰《こし》を下ろす。面と向かい合った部屋の主に、桂一は改めて感謝の意を告げた。

『殿下、昨年は両親にもったいないお言葉を頂戴《ちょうだい》し、誠《まこと》にありがとうございました。父母共に恐縮しつつも、とても喜んでおりました』

深々と頭《こうべ》を垂れると、『ケイ、顔を上げてくれ』と乞《こ》われる。

『ご両親にお会いできたのは、俺にとっても大きな喜びだった。突然《とつぜん》の訪問になってしまったが、ご両親はあたたかく迎《むか》え入れてくださった。おかげでハリーファ王家を代表して御礼を申しあげることができた』

その真摯《しんし》な眼差《まなざ》しを見れば、心からの言葉であることがわかった。

『それに、感謝すべきは俺のほうだ』

『殿下？』

『ケイが支えてくれているおかげで、ラシードはいま国のために持てる力のすべてを発揮することができている。もともと優《すぐ》れたポテンシャルを秘《ひ》めていたが、祖国への複雑な想いや父との確執《かくしつ》が邪魔《じゃま》をして、それを充分に発揮することができていなかった。そのラシードを迷いから解き放ち、本来あるべき姿に立ち返らせたのはきみだ、ケイ』

過分な言葉にびっくりして『そんな！』と否定する。

『私はなにも……』

だがアシュラフは、『いいや』とゆっくりかぶりを振《ふ》った。

『俺たちにできなかったことを、きみはやってくれた。固く凍《い》てついたラシードの心を溶《と》かしてくれた。きみがいなければ、いまのマラークはない』

揺《ゆ》るぎない口調で言い切られ、桂一は胸がいっぱいになった。

アシュラフが言うほどの大それた影響《えいきょう》力が自分にあるとはとても思えないけれど……。

『ハリーファ王家はきみに言葉に尽《つ》くせない恩がある。だからこそ、大切なご子息をマラークに預けてくださっているご両親に、どうしても直接御礼を申しあげたかったんだ』

『……ありがとうございます。正直に申せば父も母も、マラークについて無知であるが故《ゆえ》に一抹《いちまつ》の不安を抱《いだ》いていたのではないかと思います。けれどもおかげさまで、いまはずいぶんと気持ちが落ち着いたようです。私にも先般《せんぱん》電話で「ラシード殿下のために、おまえができることをしっかりとやりなさい」と言ってくれました』

『そうか。よかった』

アシュラフがほっと安堵《あんど》の息を吐《つ》いた——かと思うと、不意に肘掛け椅子から立ち上がり、ソファまで足を進めてくる。合わせて立ち上がった桂一の手を取った。

『ケイ、これからもラシードの側に仕え、弟を支えてやってくれ』

ぎゅっと手を握《にぎ》ってきたアシュラフに、感激の面持《おもも》ちでうなずく。

『微力《びりょく》ながら、精一杯《せいいっぱい》仕えさせていただきます』

『頼《たの》む』

『はい』

アシュラフの手を遠慮がちに握り返してから、桂一はおずおずと切り出した。

『殿下《でんか》、私からもうひとつ……申しあげたい件があります』

『なんだ？』

『和輝のことです』

刹那《せつな》、アシュラフの肩《かた》がぴくりと震《ふる》え、桂一の手を握っていた手がすっと離《はな》れる。

黒い瞳《ひとみ》が真意を窺《うかが》うような眼差しでじっと見つめてきた。

『カズキの？』

『はい、日頃《ひごろ》弟に心をかけていただき、大変に有り難《がた》く思っております。ですが和輝はまだ若く未熟な部分が多々ございますので、おやさしい殿下に失礼やわがままを申しあげていないかが心配で……。今回も部外者の和輝をシャムス表敬訪問にお誘《さそ》いくださった上に、日本までわざわざお出迎《でむか》えいただいたと聞き、心苦しく思っております』

『……ああ……』

合点がいったように相槌《あいづち》を打ったアシュラフが、軽く肩を竦《すく》める。

『その件に関しては、ついでだからまったく問題ない』

『ついで……ですか？』

『いま日本の家をリフォームしているんだ。その進捗《しんちょく》を見に立ち寄ったついでだから』

それは初耳だった。ラシードも知らないのではないか。

『日本に家を……？』

『東京と軽井沢《かるいざわ》と京都に一軒《けん》ずつ。二度の訪日で日本をとても気に入ってしまってね。昨年購《こう》入《にゅう》したんだ』

『では投資目的ではなく、ご自分でお住みになられるのですか』

『そう。と言っても、年にどれほど滞在《たいざい》できるかはわからないが』

下手《へた》をすれば年間数日余りかもしれない滞在のために、わざわざ不動産を三軒《げん》も購入するなんて、そのスケールの大きさに面食《めんく》らったが……どのみち王族の思考回路は庶民《しょみん》である自分には計り知れない。

それよりも、そうまでするほどにアシュラフが日本を気に入ってくれたことが、やはり日本人としてはうれしかった。前王の終末医療《いりょう》を日本政府がバックアップしたのが効いているのかもしれない。

『でしたら、日本にお出《い》での際はぜひ和輝をアテンドにお使いください。あれも殿下のお役に立てることができればうれしいと思います。日頃の御厚意《ごこうい》に報《むく》いるチャンスですから』

『そうだな。……そのつもりだ』

アシュラフが微笑《ほほえ》む。

その笑《え》みがとても満足そうで、桂一も知らず笑顔になっていた。


部屋に滞在した時間は十分ほどだっただろうか。

零時《れいじ》を回る少し前に、桂一はアシュラフの私室を辞すことができた。

深夜の訪問は不敬だったかもしれないが、アシュラフは気分を害すことなく、快く迎え入れてくれた。

両親および和輝の件について、直接感謝の気持ちを伝えることもできた。

ずっと心の片隅《かたすみ》にあった荷を下ろせた解放感に足取りが軽くなる。

これで明日の朝、ラシードの機嫌《きげん》が直っていれば、言うことがないのだが。

いや……もし直っていなかったとしても不機嫌《ふきげん》オーラに気圧《けお》されず、どんなにラシードを大切に想《おも》っているかを伝える。きちんと言葉に出して伝える。

先程《さきほど》心に決めたことを、いま一度胸の中で繰《く》り返す。

(そうすればきっとラシードも……)

前向きに考えるように自分をコントロールしながら、桂一は自室へ戻《もど》った。

自分の部屋の前に立ち、横目でちらりとラシードの部屋を窺う。廊下《ろうか》の遥か先に、王室警護隊員が二名立っているのが小さく見えた。寝《ね》ずの番をする彼らが護《まも》る扉《とびら》の奥で、ラシードはもう眠《ねむ》りについているはずだ。

『いい夢を……』

ひとりごち、自室の扉を開ける。

後ろ手に扉を閉め、暗い主室に足を踏《ふ》み入れた桂一は、壁際《かべぎわ》のスイッチに触《ふ》れて明かりを点《つ》けた。オレンジ色の間接照明が徐々《じょじょ》に明るさを増し、調度品や家具が浮《う》かび上がる。そのひとつであるカウチに人影《ひとかげ》を見つけ、びくっと体が震えた。

『………っ』

息を呑《の》んでフリーズしている間に、カウチからゆっくりと長身のシルエットが立ち上がる。

フルパワーになった照明の光に黄金の髪《かみ》が反射して煌《きら》めいた。

『ラシード!?』

恋人《こいびと》の予想外の登場に虚《きょ》を衝《つ》かれ、大声でその名前を叫《さけ》んだ。部屋の鍵《かぎ》は掛《か》けていないので、入ろうと思えば自由に入れるが、待ち伏《ぶ》せされていたことに戸惑《とまど》いの声が漏《も》れる。

『こんなところでどうしたんですか？　もうとっくにお休みになったのかと思…』

『あんたを待っていた』

言葉尻《ことばじり》を奪《うば》うように低音を重ねられ、恋人の機嫌が直っていないことを知った。直っていないどころか、さっきよりさらに声が低い。

困惑《こんわく》を抱《かか》えて立ち尽くす桂一との距離《きょり》を、大股《おおまた》で一気に詰《つ》めてきたラシードが、すぐ手前でぴたりと足を止めた。感情の窺えない冷ややかな眼差《まなざ》しで見下ろしてくる。

『どこへ行っていた？』

詰問《きつもん》口調に違和感《いわかん》を覚えたが、隠《かく》す必要もないので正直に答えた。

『アシュラフ様のお部屋です』

『アシュラフの？』

目の前の表情がみるみる険しくなっていくのを訝《いぶか》しげに見つめる。

自分の返答のどこが彼の気に障《さわ》ったのかがわからなかった。

(深夜に非常識だ、という憤《いきどお》り？)

『こんな時間にか？』

たっぷりと数秒の間を置き、いままでで一番の低音が問《と》い質《ただ》す。いまやラシードはくっきりと眉間《みけん》に皺《しわ》を寄せ、不快な感情を隠そうともしていない。

やはり時間帯に不快感を覚えているようだ。

それに関しては若干《じゃっかん》の負い目があった桂一は、生真面目《きまじめ》な口調で弁明した。

『たしかに遅《おそ》い時間ではありましたが、どうしても本日中に御礼《おれい》が申しあげたかったのです。お休みになられているようならば明日にするつもりでしたが、幸いにもアシュラフ殿下はまだ起きていらっしゃいました』

『御礼？』

『昨年、訪日の折に私の両親を訪ねてくださった御礼です』

ラシードが一瞬《いっしゅん》、思わぬ反撃《はんげき》を受けたような微妙《びみょう》な表情をした。だがすぐにおもしろくない顔つきに戻る。

『それにしたってなにもひとりで行くことはないだろう。声をかけてくれれば俺も一緒《いっしょ》に行ったた』

『あなたはもうお休みになられるかと思っていましたし……お疲《つか》れのところわざわざお手を煩《わずら》わせる必要もないかと』

『そういう問題じゃない！』

苛立《いらだ》った声を出すラシードに、桂一は眉《まゆ》をひそめた。

『ではなにが問題なのですか』

『前に言ったはずだ。あんたはアッシュの好みだって！』

歪《ゆが》んだ口許《くちもと》から吐《は》き出された台詞《せりふ》に、ゆるゆると瞠目《どうもく》する。

『……まさか……』

呆然《ぼうぜん》とつぶやき、桂一は信じられないものを見る面持《おもも》ちで、恋人をまじまじと見つめた。

『まさかとは思いますが、アシュラフ様と私の間でなにか間違《まちが》いが起こるとでも？』

むっと唇《くちびる》を曲げたラシードが、ぷいと横を向いた。

（やっぱり……！）

その、まさかだった。

ラシードの不機嫌の理由が、子供じみた嫉妬《しっと》と独占欲《どくせんよく》であったことに気がつき、頭の芯《しん》がクラクラする。

恋人の不可解な態度のワケをあれこれと思い悩《なや》んだ自分が馬鹿《ばか》みたいだ。

なにより、自分の貞節《ていせつ》を疑われたことが少なからずショックだった。

そんなに軽い人間だと思われていたのか？

誘《さそ》われれば誰《だれ》にでもなびくような？

こんなにも一途《いちず》に想い、身も心も捧《ささ》げ尽《つ》くしてきたのに……酷《ひど》い。

奥歯をきゅっと噛《か》み締《し》め、やるせない感情を抑《おさ》え込もうとしたが果たせず、桂一はわなくなく唇を開いた。

『なんでそんなことを言うんですか』

いまだそっぽを向いたままの子供みたいな態度にも腹が立ち、つい尖《とが》った声が出てしまう。

『万が一にもなにかがあるわけがないでしょう？』

『わかるもんか。アッシュはいままで狙《ねら》った相手は必ず落としてきたんだ』

自分の見当違《けんとうちが》いを認めようとしないラシードにいよいよ苛立ちが募《つの》った。実の兄まで疑うなんて、もはや「かわいい嫉妬」では済まされない。

(どうかしている)

『ラシード。こっちを――私を見てください』

低い声で呼んでも、ラシードは頑《かたく》なにこちらを見ようとしない。桂一は全身の体温がじわじわと上昇《じょうしょう》するのを感じた。とりわけ、腹の底がふつふつ煮《に》えたぎっている。

爆発《ばくはつ》しそうな怒《いか》りを懸命《けんめい》に堪《こら》え、『もし』と切り出す。

『仮にもし万が一、アシュラフ殿下《でんか》が私に興味を持ったとして……あなたは私が殿下に心を移すとでも思っているんですか？』

突然《とつぜん》ラシードがくるりと顔をこちらへ向けた。青白い炎《ほのお》が揺《ゆ》らめく双眸《そうぼう》で、桂一を挑《いど》むようにまっすぐ睨《にら》みつけてくる。

『思いたくない！』

『………っ』

『けど相手がアッシュなら……アッシュは俺から見ても魅力的《みりょく》だ。大人で包容力があってクレバーで。……悔《くや》しいけどアッシュにだけは敵《かな》わない』

『……ラシード』

自信家でプライドの高いラシードが、あっさり負けを認めたことに虚を衝かれる。

それだけ、アシュラフの存在がラシードにとって大きいということか。

でも……そんなことはない。

(敵わないなんて、そんなこと全然ないのに)

世間一般《いっぱん》の評価はわからないけれど、自分にとってはラシードのほうが魅力的で――そう言いかけた矢先。

『あんただってずっとアッシュと楽しそうに話していたじゃないか。うっとりした目でアッシュに見惚《みと》れてた』

とんでもない濡《ぬ》れ衣《ぎぬ》を被《かぶ》せられた桂一は、『私がいつ⁉』と叫んだ。

『今夜の宴会《えんかい》の間中ずっとだ！』

ラシードが怒鳴《どな》り返してくる。

『あれは……っ』

たしかにアシュラフ殿下の話はどれも興味深く、夢中で聞き入ったが、「うっとり」「見惚れる」は言いがかりだ。

『それだけじゃない。ベタベタと手を握《にぎ》り合っていた』

あらぬ疑いをかけられ、真っ赤な顔で『あれは握手《あくしゅ》です！』と強く否定する。

『どうだか！』

当てつけがましく吐き捨てられた。

『俺が言わなけりゃずっと握り合ってたくせに』

『………ッ』

ぐっと拳《こぶし》を握って堪える。

（……駄目《だめ》だ）

桂一は嘆息《たんそく》を喉《のど》許で嚙み殺した。

いまのラシードになにを言っても無駄《むだ》だ。被害妄想《ひがいもうそう》の虜《とりこ》になっている。

やはり疲れているのだ。こういう時は早く寝《ね》かしつけるに限る。

たっぷり睡眠《すいみん》を取れば、明日の朝にはクールダウンしている……はず。

自分に言い聞かせた桂一は、『とにかく』と話をまとめにかかった。

『神に誓《ちか》って私は潔白です。お願いですからおかしな疑いを持つのはやめてください。アシュラフ殿下にも失礼です』

『アッシュを庇《かば》うのか？』

ラシードの目が鈍《にぶ》く光る。

『あんた、俺とアッシュの、どっちが大事なんだ？』

『なにを言って……』

不意に手が伸《の》びてきて、二の腕《うで》をきつく摑《つか》まれた。乱暴に引き寄せられ、顔をしかめる。

『……離《はな》してください……痛いです』

『どっちだよ?』

焦《じ》れたラシードにがくがくと揺さぶられた。

『ラシ……っ』

『言えよ!』

怒鳴りつけられ、カッと熱くなった頭のどこかで、ブッとなにかが切れた音がする。

『いい加減にしてください!』

桂一はラシードの手首を摑み、自分の二の腕からめりっと引き剝《は》がした。そのままの勢いでどんっと押し退ける。ラシードが一歩後ずさった。

『……ケイ』

じわじわと両目を見開く――驚愕《きょうがく》の表情を視界に映して、はっと我に返る。

『……あ……』

(しまった)

恋人《こいびと》とはいえ、仮にも王子である人を突き飛ばすなんて。

『乱暴にしてすみません』

あわてて頭を下げ、謝罪した桂一は、ほどなく顔を上げた。レンズ越《ご》しにラシードをしっかり見据《みす》える。

『でも、アシュラフ殿下の件に関しては謝りません。なにも疚《やま》しいところはありませんから』

ラシードが双眸をじわりと細めた。

謝ったら認めることになってしまう。

どんなにラシードが苛立《いらだ》っても、それだけはできなかった。

自分でもつくづく不器用だと思うが、そこだけは譲《ゆず》れない。

『ラシード』

これ以上話してもこじれるばかりだと感じた桂一は、心を鬼《おに》にして告げた。

『もう今夜はお引き取りください』

ラシードがきゅっと眉根《まゆね》を寄せる。

どこかが痛んでいるかのようなその表情に、こちらも胸が苦しくなった。

恋愛《れんあい》経験がもっと豊富なら、こういった時の機嫌《きげん》の取り方もわかるのだろうけれど、生憎《あいにく》と自分は三十近くになっても、年下の恋人の操縦法ひとつわからない。

『お願いです……ラシード』

ラシードはしばらく返事をしなかったが、ややして苦い顔つきで『……わかった』とつぶやいた。

トウブの裾《すそ》を翻《ひるがえ》し、憤然《ふんぜん》とした足取りで扉《とびら》へ向かう。一度も足を止めず、また振《ふ》り返ることもなく、部屋を出ていく。

『…………』

パタンと扉が閉まる音とほぼ同時に、桂一は深いため息を落とした。

今日一日分の疲労《ひろう》がどっと押し寄せてきた。

ラシード×東堂桂一

3

馬蹄《ばてい》形の窓が並ぶ廊下《ろうか》を歩幅《ほはば》の大きい足捌《さば》きで進みながら、ラシードは金色の髪《かみ》を乱暴に掻《か》き上げた。

『くそっ……』

思わず口をついた罵声《ばせい》は、恋人に対してのものじゃない。

子供っぽい嫉妬《しっと》で恋人に八つ当たりしてしまった自分への罵《ののし》りだ。

ここまで自分がコントロールできないのは、ひさしぶりのことだった。

かつて――英国と米国にいた頃《ころ》は、毎日なにかに苛立《いらだ》ってイライラしていた。とりわけ米国にいた頃の自分は、金と暇《ひま》に飽《あ》かせて放蕩《ほうとう》の限りを尽《つ》くし、刹那《せつな》的に生きていた。

自堕落《じだらく》な自分に嫌悪《けんお》を抱《いだ》いていたが、異国の血を引くおのれへのコンプレックス、そして祖国との確執《かくしつ》にがんじがらめに囚《とら》われ、どうすることもできなかったのだ。日々蓄積《ちくせき》する鬱屈《うっくつ》を享楽《きょうらく》と酒で紛《まぎ》らわすことしかできなかった。一時凌《いちじしの》ぎでしかないとわかっていても、他《ほか》に手立てがなかった。

だが、死の床《とこ》に伏《ふ》す父の見舞《みま》いに訪《おとず》れた日本で、ケイと出会って自分は変わった。

愛する肉親を失うという辛《つら》い経験、一方で愛する伴侶《はんりよ》を得るという幸運を経《へ》て、自分は変わることができた。弱かった自分と決別し、ずっと引き摺《ず》ってきた幼少時からのトラウマを乗り越《こ》えることができた。

米国の大学を卒業後、祖国マラークへ戻《もど》って約半年。

叔父《おじ》に代わって政治の舵取《かじと》りをする機会も増え、何度か大きな決断をして自信もついた。

以前は気持ちの昂ぶりのままに感情的な振る舞《ま》いをしてしまうことが多かったが、最近は自分を抑《おさ》えることができるようになってきた。感情をコントロールする術も覚えた。

自分でもこの半年で精神的に成長した自負がある。

事実、目上の人間に「しっかりしてきた」という言葉をかけられることが多いから、さして勘違《かんちが》いや思い上がりでもないだろう。

（……なのに）

こと恋人のことになると自制心を失ってしまう。

自分を抑えられない。

こんなふうに制御《せいぎょ》できない独占欲《どくせんよく》と執着《しゅうちゃく》心に振り回されるのは、二十三年間の人生で初めてのことだ。

本当は、生真面目《きまじめ》なケイがアシュラフと浮気《うわき》するなんてあり得ないと、他ならぬ自分が一番わかっているのだ。

両親の件で、アシュラフに謝意を告げるために部屋を訪ねたというのは真実だろう。

誠実なケイが自分に嘘《うそ》をついたりしないこともわかっている。

彼は全身全霊《ぜんれい》をかけて自分に尽くしてくれている。

祖国を出て、家族と離れてまで、自分の側に居てくれている。

一度ならず二度までも凶弾《きょうだん》の盾《たて》となり、自分を護《まも》ってくれた。

自分もケイの献身《けんしん》に感じ入り、誰《だれ》よりも彼を大切に想《おも》っている。

ふたりの絆《きずな》は強く、揺《ゆ》るぎないはずだ。

(だけど……)

今夜のようなことが起きると、揺るぎなく強固だと思えた絆を心許《こころもと》なく感じてしまう。

アシュラフの話に身を乗り出し、目を輝《かがや》かせて聞き入っていたケイ。

アシュラフはケイより年上で、人生経験も豊富だ。世界を隅々《すみずみ》まで回っているから見聞も広いし、弟の自分から見ても包容力があってクレバーで、人間としての魅力《みりょく》に溢《あふ》れている。

いつかはああなりたい――と願うひそかな目標でもある。

アシュラフと比べると、自分はまだまだ未熟だ。

ケイが、ジェネレーションが近いアシュラフに惹《ひ》かれてしまう可能性もゼロじゃない。

そう思ったとたんに、足許《あしもと》がガラガラと崩《くず》れ落ちるような不安に襲《おそ》われてしまった。

ケイの愛情を疑っているわけではないのに……自分に自信がない。

ずっと一生、彼の心を繋《つな》ぎ留《と》めておける自信がない。

自信がないから、反動であんな子供じみた態度を取ってしまう。

根底にケイに対する甘えがあるのだということもわかっている。

ケイと出会う前の自分は、恋愛に関してこんなふうに自信を失ったことが一度もなかった。

常に相手より優位に立っていたし、自分から袖《そで》にこそすれ、振られたことなど皆無《かいむ》。

黙《だま》っていてもアプローチは引きも切らなかったから、その中から好みの相手をピックアップすればいいだけだった。

関係を続ける努力なんかしたことがない。何度か寝《ね》て、飽きたらそれまで。比較的《ひかくてき》長く続いても数ヶ月が限界で、一夜だけのアバンチュールの相手も山ほどいた。

その日の天候や気分で洋服を選ぶように、恋人だってその時々の自分にマッチした相手を選ぶ。それが「クール」だと思っていた。

特定の誰かを失いたくないなんて、一度も思ったこともなかった。

そんな自分だったから、ケイとの関係がいままでで最長で、間違《まちが》いなく一番深い。

恋愛関係が一年にも及《およ》ぶいまの状態は、自分にとって未知の領域だ。

人の愛情がいつまで冷めずに保つものなのか、ひとりの相手ととことんまでつき合ったことがないからわからない。わからないから不安で……。

どこまで所有権を主張し、独占《どくせん》していいのか。

どこまでは許されて、どこまで踏《ふ》み入ったら厭《いと》われるのか。

毎日が手探《てさぐ》りで、いつも心許ない。嫌《きら》われたくないから、臆病《おくびょう》になる。

ただでさえ、ケイは自分よりずっと年上で社会人経験も長い。

なのに自分たちは公《おおやけ》としては主従関係にあり、立場上は自分が「主」でケイは「従」。その上ケイは公私混同を嫌うので、いよいよもって距離感《きょりかん》が摑《つか》めないのだ。

しかもケイには低姿勢なようでいて一度こうと決めたらなかなか譲《ゆず》らない、かなり頑固《がんこ》なところがある。元警察官らしく正義感も強く、潔癖《けっぺき》だ。

いまは自分を愛してくれているかもしれないけれど、なにがきっかけで突然《とつぜん》嫌われてしまうかわからない。その危険性は常にあるわけで……。

（……ていうか）

ぴたりと足が止まる。

（まさにいま、その危機なんじゃないのか？）

頭に浮《う》かんだ危惧《きぐ》に、ラシードは私室まであと数歩という地点で凍《こお》り付いた。廊下の真ん中に立ち尽くしたまま、つい先程《さきほど》の自分の言動を振り返る。

アシュラフとの仲を疑い、嫉妬心剝《む》き出しで難癖《なんくせ》をつけ、声を荒《あ》らげた。

——いい加減にしてください！

そんな自分に対してめずらしく逆上したケイ。自分を突《つ》き飛ばし、押し退《の》けたケイ。

――もう今夜はお引き取りください。

恋人《こいびと》のきっぱりとした拒絶《きょぜつ》の言葉が脳裏《のうり》に還《かえ》るにつれ、すーっと背筋が冷えていくのを感じる。


いま思い起こしても……さっきの自分はかなりウザかった。

ぶすくれて、暴言を吐《は》き、逆ギレした。

百年の恋《こい》も冷めるレベルの駄目《だめ》っぷりだった。

(ヤバイ……愛想尽《あいそうつ》かされたかも……)

焦燥《しょうそう》がじわじわと這《は》い上がってくる。居ても立ってもいられない心境に駆《か》られ、ラシードはくるりと踵《きびす》を返した。

(いまなら……)

いまならまだ間に合う。

いますぐ引き返して謝れば、許してもらえるかもしれない。

そう思った瞬間《しゅんかん》には、来た道を引き返していた。さっきよりもさらに大股《おおまた》で廊下を戻り、ケイの部屋の前で足を止める。扉《とびら》の向こうはシンと静まり返っていた。

右手を持ち上げてノックしかけ、十秒ほどその状態でフリーズしたのちに、力のない緩慢《かんまん》な動きで腕《うで》を下ろす。

『…………』

暴言を悔《く》いて謝れば、おそらくケィは許してくれるだろう。「ごめん」のキスをして抱《だ》き合えば、今日のところはたぶん仲直りできる。

でも……それはまたケイのやさしさに甘えてしまうだけのことで、根本的な問題の解消にはならない。

胸の奥深くにもやもやと巣くう、この心許ない気持ちも消えない。

ケイもそれがわかっていたから、いつになくきっぱりと拒絶し、部屋に戻れと言ったのではないか。

結局、ノックせずにケイの部屋の前から離《はな》れたものの、まっすぐ自分の部屋へ戻る気分にはなれず――気がつくとラシードの足は、アシュラフの部屋へと向かっていた。

母が父と離婚《りこん》して英国に帰ってしまったあと、王宮の中で孤立《こりつ》していた子供時代からずっと、長兄《ちょうけい》だけは自分の味方だった。

ひとりだけ髪《かみ》の色も目の色も異なり、王族の中で浮いていた自分を気遣《きづか》い、折に触《ふ》れて構ってくれた。米国に行ってからも、なにくれとなく相談に乗ってくれた兄と、いままた話がしたかった。

漠然《ばくぜん》とした不安な心情を打ち明け、アドバイスを請《こ》いたい。

人生の先達であるアシュラフならば、適切な答えをくれる気がする。いままでもそうだったように。

（そうだ）

脳裏にある考えが閃《ひらめ》く。

この際、自分とケイのことをアシュラフに話そう。

同性同士の恋愛《れんあい》が教義で認められていない以上、自分たちのことを誰にでも明かせるわけではない。ただアシュラフにだけは、いずれ打ち明けようと思っていた。

だからこれはいい機会だ。

ノーマルな自分が同じ男のケイを愛していると聞けば驚《おどろ》くかも知れないが、自身もマイノリティな性癖《せいへき》を持つアシュラフなら、きっと理解を示してくれるはずだ。

アシュラフの私室の前には、王室警護隊員が二名立っていた。ラシードの姿を見た瞬間にさっと左右に離れた彼らが、扉の両脇《りょうわき》で直立不動の姿勢を取る。

『アッシュは中にいるか？』

問いかけに、向かって右側の警護隊員が前方を見据《みす》えたまま『はい、いらっしゃいます』と答えた。そのいらえにうなずき、ラシードは二枚扉をノックした。

しばらく待ってみたが応答がない。もう一度ノックしてたっぷり一分は待ったが、扉が開く気配はなかった。

（なんだ？　もう寝ちゃったとか？）

でもさっきケイが訪ねたばかりで、もう寝てるってことはないだろう。

自分が知る限り、アシュラフはいつ眠《ねむ》っているのかが不思議なくらいに朝早くから夜遅《よるおそ》くまで仕事をしている。身内として健康が心配なほどだ。世界を相手にしているから、それも仕方がないのだろうけれど。

シャワーを浴びているのかもしれない。出直そうかと思ったが、結構な距離《きょり》をまた往復するのは面倒《めんどう》だ。シャワーならさほど時間はかからないだろうし、浴び終わるまで中で待たせてもらえばいいのではないか。

他人なら遠慮《えんりょ》するところだが、そこは兄弟だから気兼《きが》ねの要《い》らない気安さがある。

美しい細工の施《ほどこ》された真鍮《しんちゅう》の閂《かんぬき》に手をかけ、横にスライドした。二枚扉を真ん中から押し開ける。

内側の閂はかかっていなかったらしく、ギィ……と音を立てて扉が開いた。

兄の私室に足を踏み入れるのはひさしぶりだ。アシュラフが帰国している時しか使われない部屋だし、自分の居住区から離れているので、ここまで足を運ぶことは滅多《めった》にない。

淡《あわ》いラベンダーから目に鮮《あざ》やかなパープルまで、紫《むらさき》系のグラデーションで纏《まと》められたインテリアは、アシュラフのノーブルでいて艶《つや》やかなイメージにぴったりだ。調度品も趣味《しゅみ》のいい兄らしく、伝統的なアンティークと現代的なファニチャーが程よいバランスで配置されている。

天井《てんじょう》が高く広々とした主室をざっと見回したが人の気配はなかった。馬蹄《ばてい》形の窓越《ご》しに見える、白い天幕が張られたテラスにも人影《ひとかげ》はない。

（やっぱり浴室か？）

そう推測しつつ、なんとはなしに室内を歩き回る。

石造りの暖炉《だんろ》や書架《しょか》がある書斎《しょさい》、ソファの設《しつら》えられた応接コーナーなどをぶらぶらと一巡《いちじゅん》して、壁《かべ》を馬蹄形にくり抜《ぬ》いたアーチの前に立った。アーチは濃《こ》い紫のカーテンで目隠《めかく》しされているが、奥は寝室《しんしつ》だ。浴室は寝室にコネクトしている。寝室から浴室に声をかけようかと思い、ラシードは片手でカーテンを捲《めく》った。

持ち上げたカーテンの陰《かげ》から寝室を覗《のぞ》き込むと、室内の半分を占《し》める天蓋《てんがい》付きの寝台《しんだい》が見える。その寝台の上で、人と人が折り重なっていた。

すぐには状況《じょうきょう》が把握《はあく》できず、じっと目を凝《こ》らす。

『……っ……ふっ……』

濡《ぬ》れた吐息《といき》と口接音。

手脚《てあし》を絡《から》め合うように抱き合って……こちらに気がつかずにキスに熱中しているふたりをラシードは見つめた。

純白のトウブの背中に波打つ黒髪《くろかみ》。上から覆《おお》い被《かぶ》さっているのはアシュラフだ。じゃあその下で、アシュラフの背中にしがみつくように腕を回しているのは？

（……嘘《うそ》……だろ？）

アシュラフに組み伏《ふ》せられている人物の正体に気がついたラシードは、衝撃《しょうげき》にぎょっと目を剝《む》いた。思わず大きな声が口から飛び出る。

『カズキ!?』

寝台のふたりがびくっと震《ふる》えた。ばっと身を反転したアシュラフが、背後にラシードの姿を認めて瞠目《どうもく》する。

『ラシード！』

アシュラフの下のカズキも、完全に虚《きょ》を衝《つ》かれた表情で固まっている。だが驚いたのはラシードも同じだ。

（なんで……アッシュとカズキが……？）

目の前の状況に激しく混乱しながらも、場を取り繕《つくろ》わなければという思いから、とりあえず上擦《うわず》った声で謝った。

『……あ……ご……ごめん』

勝手に兄の部屋に入って寝室を覗いてしまったのは、自分が悪い。

まさかこんなシーンに出くわすとはゆめゆめ思わなかったとしても自分が悪い――そう思っ

たからだ。

『俺……アッシュが浴室にいるかと思って……』

ばつの悪さに顔をしかめるラシードの前で、アシュラフが黒髪を掻《か》き上げた。濃い眉《まゆ》をひそめて低く落とす。

『兄弟とはいえ、勝手に部屋に入るのはマナー違反《いはん》だぞ』

ラシードはきゅっと奥歯を噛《か》み締《し》めた。まさにそのとおりで返す言葉もない。

『ほんと……ごめん。……すみませんでした』

アシュラフがふぅと息を吐《は》いた。寝台から降り立ち、まだ横たわったままのカズキに手を差し伸《の》べる。カズキがその手を取って上体を起こした。

すっきりと整った貌は心なしか引き攣《つ》り、口許《くちもと》が強《こわ》ばっている。日本人にしては肝《きも》が太いタイプであるカズキでさえ、さすがに動揺《どうよう》を隠《かく》せないようだ。それだけ予期せぬ展開だったんだろう。

一方、アシュラフの顔に狼狽《ろうばい》の色は窺《うかが》えない。最初こそ不意を突《つ》かれた様子だったが、いまはもう自分を取り戻《もど》したらしく、平素と変わらずに落ち着いている。

これなら訊《き》いても大丈夫《だいじょうぶ》だろう。そう思ったラシードは兄に問うた。

『あのさ……これってどういうこと？』

『どうもこうも、見てのとおりだ』

アシュラフが真面目《まじめ》な顔で答える。

『見てのとおりって、つまり……』

少し口籠《ご》もってから思い切って続けた。

『ふたりはつき合ってるってこと？』

『そうだ』

アシュラフが堂々と認める。その表情はどこか誇《ほこ》らしげですらあった。

小さく息を呑《の》む。

ふたりのラブシーンをこの目で見て、答えは知っていたも同然だったが、それでも改めて肯《こう》定《てい》されると衝撃が走った。アシュラフはともかく、カズキはノーマルだと思っていたからなおのこと驚きが大きい。

『……いつから？』

『昨年の夏からだ』

『それって、カズキが初めてマラークに来た時ってこと？』

アシュラフがうなずく。

(そう……だったのか)

言われて思い起こせば、ふたりに関してはちょくちょく首を傾《かし》げることがあった。

昨夏、カズキがいったん王宮を辞したあと、なぜか急に帰国を取りやめ、アシュラフの別邸《べってい》に滞在《たいざい》することになった時から、なんだかおかしいとは思っていたのだ。

そのあとも結局、バカンスの間中ふたりは一緒《いっしょ》に行動していた。しかもその後も妙《みょう》に親密そうで、今回だってアシュラフがわざわざカズキを日本までピックアップしに行ったり……ただの友人関係にしては行き過ぎているとは思っていたが。

あれは、そういうことだったのか。

これで漸《ようや》く腑《ふ》に落ちた。

そして最初の衝撃が過ぎれば、アシュラフとカズキがお互《たが》いに惹《ひ》かれ合ったのもすごく納得《なっとく》できる。

カズキは外見だけでなく中身も魅力《みりょく》的だ。頭の回転が速くて生き生きと伸びやかで、俠気《おとこぎ》に溢《あふ》れている。ケイの弟というだけでなく、同世代の友人として自分もカズキが好きだ。

世界中に友人がおり、人を見る目の肥えたアシュラフが惹かれるのもわかる。

そしてアシュラフは、実の兄ながら完全無欠のカリスマだ。カズキにセクシャルアイデンティティの壁を乗り越《こ》えさせるだけの、人並み外れた器量の持ち主であることは、誰《だれ》もが認めるところだった。

胸の中で納得していると、そのカズキが寝台から降りてアシュラフの隣《とな》りに立った。神妙《しんみょう》な面持《おもも》ちで『ラシード』と話しかけてくる。

『驚《おどろ》かせてごめん。こうなった以上もう隠《かく》す必要《ひつよう》もないけど、ひとつ頼《たの》みがある。俺たちのこと、桂一には言わないでいて欲しいんだ』

『ケイに……？』

『いずれ俺からきちんと話すから、それまでは黙《だま》っておいて欲しい。――頼む』

懇願《こんがん》されたラシードは、カズキの切羽《せっぱ》詰《つ》まった表情をしばらく見つめたあとで、首を縦に振《ふ》った。

兄を心配させたくないのであろうカズキの心情も察せられたからだ。

男同士の恋愛《れんあい》には様々なリスクが付きまとう。万人《ばんにん》に祝福される関係じゃないし、アシュラフが王族である以上、公《おおやけ》にもできない。仮に誰《だれ》かに知られた場合、人によっては非難したり、引き離《はな》そうとする者もいるだろう。

他《ほか》ならぬラシード自身、同じ境遇《きょうぐう》であるが故《ゆえ》に、男同士の恋愛に伴《ともな》うデメリットは身に染《し》みてわかっている。

ケイも、自分に関してはなにが起こっても自己責任だと思っているだろうが、弟のこととなるとそうは突き放して考えられないのではないか。

弟の道ならぬ恋《こい》を知れば、相当に気を揉《も》むに違《ちが》いない。

兄の性格を熟知しているカズキは、それがわかっているのだ。だからこそ慎重《しんちょう》に告白の機会を窺うつもりなんだろう。

だが、ケイと同じ立場でも、ラシード自身は兄の恋愛の行く末を楽観視していた。

たしかに男同士はリスキーではあるが、アシュラフならば大概《たいがい》のハードルは乗り越えていくはずだ。

カズキを見つめるアシュラフの真摯《しんし》で熱い眼差《まなざ》しを見ただけで、兄が年下の恋人《こいびと》に深い愛情を抱《いだ》いているのがわかる。

アシュラフはきっとどんな困難がふたりに降りかかろうとも、全身全霊《ぜんれい》を賭《か》けてカズキを護《まも》るに違いない。またそれだけの度量がアシュラフにはある。

『わかった。ケイには言わない。内緒《ないしょ》にしておく』

カズキが安堵《あんど》の表情を浮《う》かべた。

『ありがとう。助かるよ』

ほっと力を抜《ぬ》いた恋人の肩《かた》にアシュラフが手を置く。顔を上げたカズキに、『よかったな』と微笑《ほほえ》んだ。

目を細め、愛《いと》おしげに恋人を見つめていたアシュラフが、やがてこちらを見る。

『ラシード、俺からも礼を言う』

『いいよ。別に』

ラシードはなんでもないように肩を竦《すく》めた。いままでアシュラフが自分にしてくれた数々のことを思えば、こんなの本当になんでもない。

『それと、驚《おどろ》かせて悪かった』

『いや……まぁたしかに驚いたけどさ……でも』

『ラシード？』

『どっちかっていうと……アッシュに大切な人ができたの、うれしかった』

アシュラフが意外そうに目を瞠《みは》った。

『アッシュはモテるけど、同じ相手と長く続かなかっただろ？　それって忙《いそが》し過ぎるせいじゃないかって思ってたけど』

『…………』

アシュラフは口に出して肯定はしなかったけれど、たぶん当たりだ。

マラークのために、世界を飛び回る多忙《たぼう》な生活を何年も続けているアシュラフ。どうやらそのせいで、恋人と長続きしないらしいのは察していた。

とはいえ理由はそれだけじゃないだろう。これも憶測《おくそく》だけど、これまではアシュラフが祖国マラークや仕事よりも優先したいと思える相手がいなかったんじゃないか。

でも、今度こそ本物かもしれない。

いままでアシュラフが、自分に恋人を紹介《しょうかい》したことはなかったからだ（おそらくは、ノーマルな自分に男の恋人を紹介しづらかったのだと思われる）。だからアシュラフの恋人に関しては、人づてに聞いたり、兄の言動からその気配をうっすら感じ取るだけだった。

それが、アクシデントのような形であれ、さっきアシュラフは堂々とカズキとの関係を認めた。

それだけ、親族に紹介してもいいと思えるほどに、カズキを大切に思っているということだ。ひとときのアバンチュールの相手ではなく、真剣《しんけん》な交際ということだろう。

『ふたりとも真剣なんだろ？』

確認《かくにん》する意味合いでのラシードの問いかけに、ふたりが顔を見合わせた。目と目でアイコンタクトを取り合ってから、同時にラシードのほうを向く。

『カズキを愛している』

アシュラフが揺《ゆ》るぎない口調で告げた。傍《かたわ》らのカズキも若干《じゃっかん》照れくさそうに『……俺も』と同意する。

その答えを聞いて、ラシードは満足げに微笑んだ。

『だったら、なにも言うことはないよ』


はからずもアシュラフとカズキのラブシーンに遭遇《そうぐう》してしまうといった予想外の展開もあり、結局自分とケイの話をしないまま、ラシードは兄の部屋を辞した。

相談できるような雰囲気《ふんいき》じゃなかったし、衝撃《しょうげき》の事実発覚に毒気を抜かれてしまったせいもある。

それでも不思議と、さっきまでのもやもやとした鬱屈《うつくつ》は消えていた。傍《はた》から見ても深く愛し合っているとわかるふたりに触発《しょくはつ》されて、こっちまで幸せな気分になったからか。

（あんなアッシュ、初めて見た）

常に悠然《ゆうぜん》と王者の風格を見せつけ、誰に対しても余裕綽々《よゆうしゃくしゃく》のアシュラフが、カズキにはメロメロなのを隠《かく》さなかった。隠せなかったというのが正解だろう。

カズキを前にしたアシュラフは、どこにでもいる只《ただ》の恋する男って感じで新鮮《しんせん》だった。

口に出しては言えないが、なんだかかわいかった。

いつの日か――この事実を知れば、ケイは弟の先行きを心配するかもしれない。ケイだってアシュラフの人間性を認めてくれていると思うが、だからといって弟の恋人としてすんなり受け入れられるかといえば、また話は別だろう。

だけど自分は、あのふたりの恋を応援《おうえん》したい。

カズキには命を救ってもらった恩がある。

そしてアシュラフにはいままでずっと陰《かげ》ひなたに支えてもらった。だから次は自分がアシュラフをフォローする番だ。

いつかカズキがケイに打ち明ける日がやってきたら、その時は自分にできることはなんでもする。ふたりの恋のために一肌《はだ》も二肌も脱《ぬ》ごう。

そう心に決めたラシードは、さっき来た道を引き返した。見えないなにかに引き寄せられるように足を急がせる。一歩進むごとに胸の奥底から、熱い欲求《よっきゅう》が湧《わ》き上がってくる。

いま、無性《むしょう》に恋人の顔が見たかった。

ケイの顔を見て、先程《さきほど》の大人げない仕打ちを心から詫《わ》びたい。

そうして許してもらえたなら、こんなにも大切に想《おも》っていることを伝えたい。

（――ケイ）

もう眠《ねむ》ってしまっているだろうか。もしすでに眠ってしまっているなら、明日の朝まで待たなければならない。勝手だとわかっていても、それは耐《た》え難《がた》かった。

起きていてくれ。

心の中で祈《いの》りながら足を速める。

一瞬《いっしゅん》も、一秒も早く恋人の部屋に辿《たど》り着きたくて、スピードを落とさずに廊下《ろうか》の角を曲がった刹那《せつな》。どんっと肩口《かたぐち》に強い衝撃を感じる。

『うわっ』

ぶつかった勢いで弾《はじ》き飛ばしてしまった相手が数歩よろよろと後ずさった。

踏鞴《たたら》を踏《ふ》む白いトウブ姿の人物が、いままさに一刻も早く会いたいと願っていた恋人だと気づいたラシードは、手を伸《の》ばしてバランスを崩《くず》したケイの二の腕《うで》を鷲摑《わしづか》みにする。あわや転倒《てんとう》の寸前に、ぐいっと自分のほうへ引き寄せた。

そのままぎゅっと強く抱《だ》き締《し》める。腕の中の痩身《そうしん》がびくんっと震《ふる》えた。

『ケイ……ッ』

『ラシ……ド？』

自らの状況《じょうきょう》を理解していないような、面食《めんく》らった声。

首筋に顔を埋《うず》め、さらに腕の力を強めると、『……くる、し』と掠《かす》れた声が訴《うった》えた。その声ではっと我に返り、あわてて拘束《こうそく》を緩《ゆる》める。

両腕《りょううで》を離《はな》し、瓜実《うりざね》型の白い貌を覗《のぞ》き込んだ。レンズの奥の切れ長の双眸《そうぼう》が大きく見開かれている。

『どうしてここに？』

ラシードの問いかけに、ケイがゆっくりと両目を瞬《またた》かせた。

『あなたを……探していました。お部屋にうかがったところ室内のどこにもいらっしゃらなかったので、王宮内を散策なさっているのかと』

『俺の部屋に行ったのか？』

『……はい』

『なんで……？』

――もう今夜はお引き取りください。

突《つ》き放すようにきっぱりとそう告げたケイが、その後自分の部屋を訪《おとず》れたのは意外だった。訝《いぶか》しげな追及《ついきゅう》を受けてケイがついと眉根《まゆね》を寄せる。少しの間、逡巡《しゅんじゅん》するように目を伏《ふ》せていたが、意を決したように視線を上げた。

『あのままでは……眠れそうになくて』

『……ケイ』

『あんなふうに突っぱねておいて舌の根も乾《かわ》かぬうちに会いに行くなんて、言動に一貫《いっかん》性がないのはわかっています。でも……やはり気にかかって……気がついたらあなたの部屋へ足が向かっていました』

そこまで言って、ケイが居住まいを正す。神妙《しんみょう》な面《おも》持ちで切り出した。

『先程はきつい物言いをして申し訳ありませんでした。ご気分を害されたのなら心からお詫び申しあげます』

黒い瞳《ひとみ》がラシードの目をまっすぐ見つめる。

『ですが、これだけは信じてください。アシュラフ殿下《でんか》のことは尊敬いたしておりますが、本当にそれ以上の気持ちは……』

『ケイ、もういい』

これ以上言わせるのは忍《しの》びなく、ラシードは恋人《こいびと》の言葉を遮《さえぎ》った。

『さっきのは俺が悪かった。つまらない焼き餅《もち》を焼いた俺が馬鹿《ばか》だったんだ』

ケイが虚《きょ》を衝《つ》かれたみたいに瞠目《どうもく》する。

いままでは喧嘩《けんか》をしても意地を張って自らの非を認めたことはなかったから、驚《おどろ》くのも当然だろう。

『本当にすまない』

見開かれた双眸を見つめながら詫《わ》びる。

『反省している。二度とあんな子供じみた真似《まね》はしないと誓《ちか》う。許してくれるか？』

真剣な声音《こわね》での窺《うかが》いに、ケイが止めていた息を吐《は》いた。次の瞬間《しゅんかん》には目許《めもと》が和《やわ》らぐ。

『もちろんです』

そう言って微笑《ほほえ》んだ。

『私こそ乱暴にしてすみませんでした』

『……ケイ』

許しを得たラシードはほっと表情を緩める。……よかった。今日中に謝ることができて本当によかった。

『ありがとう』

感謝の言葉と同時に恋人の手を摑む。その手を持ち上げ、甲《こう》に唇《くちびる》を押しつけた。

ちゅっと仲直りの印を落とす。

『危《あや》うくあんたを失うところだった。誰《だれ》より大切なあんたを……』

『……ラシード』

手にくちづけたまま上目遣《づか》いでケイの顔をじっと見つめていると、徐々《じょじょ》に目許が色づき、黒い瞳が潤《うる》んできた。恋人が自分と同じ気持ちなのを知って、ラシードは微笑む。

ケイの横に並び、片手で細い腰《こし》を抱《だ》いた。

『部屋に戻《もど》ろう』

耳許《みみもと》に唇を寄せて囁《ささや》く。

『いますぐあんたが欲しくてたまらない。――あんたもだろ？』

ほんのり赤い横顔がこくりとうなずいた。

ラシード×東堂桂一

4

桂一にとって、ラシードは初めてまともにつき合った相手だ。

ラシードと出会う前も、女性との交際経験がまったくなかったわけじゃなかったが、何回かデートをした末に振《ふ》られてしまったり、SPの仕事が忙《いそが》しくて約束をキャンセルしているうちに疎遠《そえん》になって自然消滅《しょうめつ》したり——と成果ははかばかしくなかった。

そのせいか、恋愛《れんあい》においては苦手意識が強く、自分はそっち方面には向いていないとずっと思い込んできた。

そんな恋愛音痴《おんち》の自分がひとりの相手とこんなふうに長く続いたのも初めてで、最長記録を更新《こうしん》中の毎日は新鮮《しんせん》な体験の連続だが、一方で不安な気持ちになることも多い。

ラシードのちょっとした言葉や態度の変化に戸惑《とまど》い、心を搔《か》き乱されることもしょっちゅうだ。

今夜だってそうだ。ラシードがなにをそんなに苛立《いらだ》っているのかが摑めなくて思い悩んでいたところに、あろうことかアシュラフとの仲を疑うような発言をされ、カッとなって声を荒《あ》らげてしまった。

いい年をしてまるで余裕《よゆう》がない自分。

恋愛経験が豊富なら、きっともっと上手《うま》くやれるのだろうにと……ひとりになってからどっぷりと落ち込んだ。

自分が先に折れれば、ラシードもあそこまで意固地にならなかったかもしれない。カッとなった自分が『謝りません』と突っぱねたせいで、我《が》の張り合いになってしまった。その上一方的に、『もう今夜はお引き取りください』と、それ以上の話し合いを拒絶《きょぜつ》した。

心のどこかに自分のほうが年上だという意地があったのかもしれない。上から諭《さと》そうとして、結果的にラシードの苛立ちをよりいっそう煽《あお》ってしまった。

もっとちゃんとラシードの話を聞いて、丁寧《ていねい》に誤解を解けばよかった。

なんら疚《やま》しいところはないのだから、落ち着いて冷静に対処すればよかったのだ。

次から次へと後悔《こうかい》の念が湧《わ》き上がり、居ても立ってもいられなくなった桂一は、自室を出てラシードの部屋へ向かった。だがそこにラシードの姿はなかった。

クサクサした気分を晴らしに散策にでも出たのだろうか。

会えなければ会えないで、いよいよ顔が見たくて仕方なくなる。

明日では遅《おそ》いと思った。今夜中に話がしたい。

王宮は広大だ。当《あ》て所《ど》なく探し回るより、ラシードの部屋で待っているほうが確実だと頭ではわかっていた。それでもどうしても、ただじっと待つ時間が耐《た》えられなかった。

ラシードを探すために彼の部屋を出て、直感を頼《たよ》りに十五分ほど歩き回ったところで運良くラシードと鉢合《はちあ》わせした。行き違《ちが》いにならなかった幸運を神に感謝しなければならないだろう。

──さっきのは俺が悪かった。つまらない焼き餅を焼いた俺が馬鹿だったんだ。

あの言葉には本当に驚いた。

ラシードに謝られた記憶《きおく》は、覚えている限りはない。

感謝の言葉をもらったことはあったが、たぶん口に出して詫《わ》びられたのは初めてだ。

──反省している。二度とあんな子供じみた真似はしないと誓う。許してくれるか？

真剣《しんけん》な表情に、口先だけの言葉ではないと感じて、気がつけば『もちろんです』と笑《え》みが零《こぼ》れていた。

ラシードが、なあなあで済ませずに謝罪の言葉を口にすることで、今回の件にきちんとケジメをつけてくれたのがうれしかった。

恋愛はよくわからない。

いまだになにが正解で、なにが間違《まちが》いなのかもよくわからない。

自分たちは年が離《はな》れている上に男同士だし、お互《たが》いに不器用な面があって、だからこれからも幾度《いくど》となくぶつかったり、躓《つまず》いたりするだろうけれど。

でももしかしたら、こんなふうに小さな喧嘩と仲直りを繰《く》り返し、手探《てさぐ》りの言葉を積み重ねながら、少しずつ絆《きずな》が深まっていくものなのかもしれない。

（誰かと恋愛関係を築くのって、そういうことなのかもしれないな）

とりとめもなくあれこれと思い浮《う》かべているうちに、ラシードの私室の前に辿《たど》り着いていた。

王室警護隊員が例によって彼らの正ポジションから身を退き、進み出た桂一が二枚扉《とびら》を開く。扉を押さえてラシードを先に通し、その背中を追うように室内に入った。

身を返して扉を閉めていると、すぐ後ろに人の気配を感じる。振り向く間もなく背後から抱《だ》き締《し》められた。ふわっと恋人《こいびと》の香《かお》りに包まれる。

『ラシード？』

『わかっているか？』

耳許に焦《こが》れたような声が落ちた。

『俺たちは昨日の夜も抱き合っていない』

さっきここに戻るまでの帰路でも、ラシードはずっと桂一の手を握《にぎ》って離さなかった。人の目を考えたら危険な行為《こうい》だったが、桂一自身も恋人の手を離しがたく……。王室警護隊員の姿が見えてきた段で、さすがにまずいと思った桂一が頼《たの》み込み、渋々《しぶしぶ》と聞き入れてもらったくらいだ。

『丸二日だぞ？』

念押しをされて、そんなことはわかっていると思ったが、口に出せばまるで自分がずっとそのことを意識していたようで、それも気恥《きは》ずかしい。

『……ケイ』

焦燥《しょうそう》を帯びた掠《かす》れ声が耳殻《じかく》を擽り、首の後ろがぞくっとおののいた。耳朶《みみたぶ》を固い歯先で甘噛《あまが》みされて、たちまち体温が上昇《じょうしょう》する。やがてぴちゃっと濡《ぬ》れた音が響《ひび》き、耳の中に舌が入ってきた。

『……っ』

軟骨《なんこつ》の形を舌で辿られ、ぴちゃぴちゃと濡らされて、ぶるっと全身が震《ふる》える。下腹部がうずっと疼《うず》いた。

（……こんなに……）

二日抱き合わなかっただけで、体が激しく餓《う》えているのを感じて少し怖《こわ》くなる。

ラシードとこうなる前は、一番盛んな十代の頃《ころ》でも性欲《せいよく》を持て余すことはなかった。

警察に入ってからは「仕事で発散」が基本で、自分で処理することさえ稀《まれ》だった。

それほど淡泊《たんぱく》だった自分が。

たった二日のブランクで、こうまで餓えてしまうなんて。

自分がラシードによって変えられてしまったことを実感するのは、こんな時だ。

うれしいような、面映《おもは》ゆいような……。

悶々《もんもん》としていると、腕《うで》の拘束《こうそく》が緩《ゆる》む。ほっと息を吐《つ》く間もなく体を裏返しにされた。扉に両手をつかされ、後ろからラシードが覆《おお》い被《かぶ》さってくる。背中に硬《かた》い筋肉の密着を感じた。

（な……なに？）

なにをするつもりなのかとっさにわからず、戸惑っている間に、ラシードの左手が桂一のトウブをたくし上げた。左脚《ひだりあし》が太股《ふともも》まで剝《む》き出しになり、火照《ほて》った素肌《すはだ》が空気に触《ふ》れて、ひくんっと背中がたわむ。

ラシードの手がトウブの中に忍《しの》び込んできた。脇腹《わきばら》を辿って前面まで滑《すべ》らせてくるやいなや、左の乳首《ちくび》を指で摘《つま》む。『あっ』と声が出てしまい、あわてて喉《のど》を締めた。

扉のすぐ向こうに人がいる！

体を捩《ねじ》ろうとして、右手の手首を摑《つか》まれてしまう。ぐいっと上に引っ張り上げた右の手のひらを扉に押しつけられ、背後から体ごとホールドされてしまえばもう抗《あらが》えない。

『はっ……離し、て』

必死の訴《うった》えも虚《むな》しく、摘んだ乳首をきゅっ、きゅっと引っ張られる。引っ張られるたびに、ピリッ、ピリッと電流が走った。その刺激《しげき》に合わせて、全身がびくっ、びくっと震える。

『やっ……やめ』

懇願《こんがん》したが、ラシードは先端《せんたん》を爪《つめ》で引っ搔いたり、紙縒《こより》のように擦《こす》り立てたりと、悪辣《あくらつ》な手の動きをやめない。愛撫《あいぶ》に反応して乳頭が尖《とが》ってきたのがわかって、桂一は泣きそうになった。

（……こんな……場所で）

立ったまま乳首を弄られ、感じている自分。

しかも一枚の扉を隔《へだ》てた向こう側には王室警護隊員がいる。

もし彼らに覚《さと》られたらと思うと、気が気じゃなかった。焦燥が微弱《びじゃく》な電気を孕《はら》んでぴりぴりと背筋を這《は》い上がる。

『お願い……です、ラシード……やめ、て』

ひそめた声で懸命《けんめい》に乞《こ》う。だがやめてくれるどころか、今度は下着の上から股間《こかん》を摑まれた。

『ひぁっ……』

思わず高い声が喉から漏《も》れる。

『大人しくしていないと、外に聞こえるぞ』

甘くて昏《くら》い声の脅《おど》しに、桂一はぎりっと奥歯を噛《か》み締めた。

（ひどい）

抗えないとわかっていて……こんな。

もしかしたら……ラシード流の報復？　まだアシュラフ殿下《でんか》とのことを疑っている？

ちらっと穿《うが》った考えも頭を過《よ》ぎったけれど、ラシードの手が布地の上から股間の膨《ふく》らみをさすり始めると、そんなことを考えている余裕《よゆう》もなくなる。長い指で形をなぞるようにさわさわと触《さわ》られ、ソフトタッチの愛撫に漏れそうな声を堪《こら》えるので精一杯《せいいっぱい》だ。

『……んっ』

首筋からじわじわと熱を持ち、体全体がしっとりと汗《あせ》ばむ。心臓もいつもの倍速で早鐘《はやがね》を打っている。

『は……あ……』

いつの間にか、右手を拘束していたはずのラシードの手が、右の乳首をねちねちと責めていた。右手で乳首を、左手で股間を愛撫されて、喉の奥から熱い吐息《といき》が漏れる。

『ふ……はぁ』

感じている場合じゃない。なんとかラシードを諫めて、やめさせなければ。

そう頭では思っているのに、体は別物で……。

一枚の扉を隔ててすぐ向こうに人がいるというシチュエーションに、通常より煽《あお》られている自分を自覚し、いよいよ羞恥心《しゅうちしん》が増した。

(自分は……なんてはしたない人間なんだ)

自責の念とは裏腹に、布越《ご》しのもどかしい刺激に反応した欲望《よくぼう》が下着の中で膨らんでいく。張り詰《つ》めたペニスを布の上からぐにぐにと弄られ、先端から蜜《みつ》が溢《あふ》れ出した。布地にも淫《みだ》らなシミがじわじわと広がっていく。

『……濡れてきた』

耳許の囁きに顔が火を吹《ふ》いた。

快楽に弱く、抗えない自分が情けなくて瞳《ひとみ》が潤《うる》む。

恥《は》ずかしいシミを指先でねっとり擦《こす》られると、ニチュッと耳を塞《ふさ》ぎたくなるような粘着音《ねんちゃく》が響いた。欲望はすでに、狭《せま》い布地の中で痛いほどぱつぱつに張り詰めている。

ぎゅっと目を瞑《つぶ》った時、下着の足繰りからラシードが手を忍び込ませてきた。濡れた欲望を直《じか》に握り込まれ、ひくんっと背中が反り返る。

『……………ッッツ』

『もう……びしょびしょだ』

卑猥《ひわい》な言葉で詰《なじ》られて、またじゅくっと先端から蜜が溢れた。滴《したた》った先走りで蜜袋《みつぶくろ》までべとべとになっている。透明《とうめい》な蜜に塗《まみ》れたシャフトを淫猥《いんわい》な指使いで擦り上げられ、桂一は首を大きく左右に振《ふ》った。

『っ……や っ……』

直後、ラシードがぐいっと下着を太股まで下げ、ペニスがぶるんっと勢いよく飛び出す。その欲望をすかさず大きな手が包み込み、ぬくぬくと扱《しご》き始めた。

『あっ……あっ……あっ』

いままでのもどかしい愛撫とは異なり、直接的な分快感も大きくて、もはや堪えきれない嬌《きょう》声《せい》が漏れる。

意志とは関係なく腰《こし》がゆらゆらと揺《ゆ》れた。

内股《うちまた》がひくひく痙攣《けいれん》して、脹《ふく》ら脛《はぎ》もピクピクして——いまにも足許《あしもと》から頽《くずお》れそうだ。

駄目《だめ》だ……もう出る。

『出ちゃ……』

『我慢《がまん》しないで出せ』

傲慢《ごうまん》な声で促《うなが》したラシードが、愛撫を強めた。軸《じく》を引き絞《しぼ》るように擦り立て、追い上げてくる。

眼裏《まなうら》がチカチカし、切羽《せっぱ》詰《つ》まった射精感が苦しいほどに高まって――。

『……っ…………あぁ――っ』

ついに欲望が弾《はじ》け、先端の小さな孔《あな》からとぷん、とぷんと白濁《はくだく》を吐き出した。歯磨《はみが》き粉《こ》のラミネートチューブを搾《しぼ》るみたいに、ラシードの手で最後の一滴《てき》まで絞り出される。

『……ふ……あ』

涙《なみだ》の溜《た》まったまつげをパチパチと開閉させた桂一は、胸を上下させて荒《あら》い呼吸を整えた。まだ頭の芯《しん》がジンジン痺《しび》れている。

全身の力が抜《ぬ》け落ち、その場にしゃがみ込みそうになるのを、背後からかろうじて支えられた。

『おっと……危ない』

『……すみませ……』

『いっぱい出したな。二日分だからか、いつもより多い』

背後のラシードがどこかうれしげな声で囁き、首筋に唇《くちびる》を押しつけてくる。ちゅっ、ちゅっとくちづけながら、後ろに手を移動させてきた。両手で剝き出しの臀部《でんぶ》を揉《も》みしだかれ、自分の恥ずかしい格好に思い至った。

尻《しり》と局部は丸出し。扉《とびら》に縋《すが》った状態で立ったままイカされて……。

急激に羞恥心が込み上げてきて、体を捩って逃《に》げようとしたが、中途半端《ちゅうとはんぱ》な位置まで下げられた下着が邪魔《じゃま》で思うように動けない。足搔《あが》いているうちに、ラシードの親指が尻の割れ目にかかった。ぐっと左右に割り開かれ、ひっと悲鳴が漏れる。

無理矢理《むりやり》に暴《あば》かれた後孔《こうこう》に指をねじ込まれて息を呑《の》んだ。

『………っ』

反射的に孔を締《し》めたが、挿入《そうにゅう》を食い止めることはできなかった。自分が出した白濁の滑《ぬめ》りを借りた指に、奥まで侵入《しんにゅう》を許してしまう。

『んっ……く、ぅんっ』

体内で硬い異物が蠢《うごめ》く違和感《いわかん》を、桂一は奥歯を食い締めて耐《た》えた。何度経験しても、背筋がぞわぞわする異物感に慣れることはできない。

探《さぐ》るような動きをしていた指先が、ほどなくあるポイントを探り当てた瞬間《しゅんかん》、電流が貫《つらぬ》いたみたいにびりっと背筋が震《ふる》える。ココを擦《こす》られると、自分ではどうしようもなく感じてしまうのだ。しかも回数をこなすにつれて感度がどんどん上がっている。

前立腺《ぜんりつせん》を擦《こす》る指の動きに合わせ、無意識に腰が揺れた。秘肉が指を食い締めようと蠢く。さっき達したばかりの欲望もまたゆっくりと勃《た》ち上がってきた。

『待てって。そんなにがっつくな』

艶《つや》めいた声でいなされ、カッと顔が熱くなる。違《ちが》うと言いたかったけれど、粘膜《ねんまく》がラシードの指に物欲しげに絡《から》みついているのは、否定しようのない事実だった。

『いま……ちゃんと俺をやるからさ。待ってろ』

指が抜け、喪失感《そうしつかん》にひくひくとヒクつくそこに、硬《かた》く猛《たけ》った切っ先を押し当てられた。

『……あ』

その「灼熱《しゃくねつ》」が自分にもたらす快感を知ってしまっている体が、期待にふるっとおののく。

『あんたの中に入るぞ』

宣言と同時に切っ先をねじ込まれ、めりめりと体を割られる衝撃《しょうげき》に、桂一は上半身をのけ反らせた。

声を発しそうになったが、寸前で王室警護隊員の存在を思い出し、喉《のど》を締める。

ここで大声を出して部屋に踏《ふ》み込んで来られたら……アウトだ。

『……ふっ……く……』

尋常《じんじょう》ならぬ圧迫感《あっぱくかん》にはぁはぁと喘《あえ》ぎ、必死に声を嚙《か》み殺していると、ラシードが手を前に回してきた。くたっていたペニスを摑《つか》み、あやすように扱き始める。いつもこんなふうに前の快

感で、挿入《そうにゅう》の苦しみを相殺《そうさい》してくれるのだ。

『ん……ん……』

体の強《こわ》ばりがわずかに緩《ゆる》んだその隙《すき》に、ラシードがぐっと雄芯《ゆうしん》を押し入れてくる。

『うっ……く、っ……ッツ』

ゆっくり、じりじりと体を開かされ、最後は一気に最奥まで貫かれた。

桂一の腰を揺すり上げて屹立《きつりつ》を根元までねじ込んだラシードが、荒い息に紛《まぎ》れて『全部……入ったぞ』と告げる。

桂一はゆるゆると両目を開いた。

『…………』

腹の中に燃えるような脈動を認めていても、なんだかぴんと来ない。

こんなふうに立ったまま、繋《つな》がっているなんて。

『動くぞ』

ラシードが桂一の腰を摑んで動き始めた。はじめは様子見していたのか、緩やかだった抽挿《ちゆうそう》が、徐々《じよじよ》にテンポを速めていく。

狭い肉を押し広げられ、穿《うが》たれ、ズクズクと奥を突《つ》かれ、丸二日眠《ねむ》っていた官能を引きずり出される。

『……あっ……あっ』

喉《のど》の奥から嬌声が漏《も》れ、半開きの唇の端《はし》からは涎《よだれ》が滴った。涙が溢《あふ》れ、完全に勃起《ぼっき》した欲望《よくぼう》の先端《せんたん》からも愛液が零《こぼ》れる。透明な蜜《みつ》が軸を伝って内股を濡《ぬ》らした。叢《くさむら》もぐっしょり湿《しめ》っている。

『ひぁっ……』

一番感じる秘処を硬い切っ先で擦り上げられ、桂一は縋るように扉にしがみついた。カツカツと爪《つめ》を立ててしまいそうになるのを、最後の理性を総動員してかろうじて我慢する。扉の向こうにいる彼らに、覚《さと》られるのだけは駄目だ。

『気持ち……いいか？』

こくこくと首を縦に振った。

気持ちいいなんてもんじゃない。快感中枢《ちゅうすう》が焼き切れて、どうかなりそうだ。

『……よし』

満足げな声が落ちてきたあと、狙《ねら》い澄《す》ましたようにずぶりと穿たれ、びりびりっと指先まで痺れる。

その後も立て続けに楔《くさび》を打ち込まれて、一刺《ひとさ》しごとに高まっていく快感に、粘膜がきゅうっときつく収縮するのがわかった。

耳許《みみもと》にかかるラシードの息も忙《いそが》しくなり、抽挿が苛烈《かれつ》になる。ガクガクと両脚《りょうあし》が痙攣した。支えられていなかったら、とっくにしゃがみ込んでいる。

『も……もうっ……いっ――っ』

眼裏が白く光った。

全身がひときわ大きく震えた直後に抑制《よくせい》を解き放ち、達する。一拍《いっぱく》おいて、体内のラシードもまた弾けたのを感じた。

『いくっ――ッ』

自分の体内が恋人《こいびと》の放埒《ほうらつ》でたっぷりと濡らされていく感覚に、桂一は顔を仰向《あおむ》けて喉許の熱い吐息《といき》を逃《のが》した。

『ふ……あ……あ』

ゆっくりと脱力《だつりょく》していると、背後からぎゅっと強く抱《だ》き締められる。密着した若く張り詰《つ》めた肉体から、いつもより少し早い鼓動《こどう》と余熱が伝わってきた。

『……ケイ』

耳朶《みみたぶ》を唇で食《は》んで、恋人が自分の名前を呼ぶ。

『愛してる……』

甘やかな声に幸福な想《おも》いが満ちる。

『……ラシード』

『あんたは?』

この一年で幾度《いくど》この問いを受けただろう。

いつだって答えは同じなのに。

それでも恋人が聞きたいと望むならば、何度でも繰《く》り返すことは厭《いと》わない。

『私も……愛しています。ラシード』


胸の中に抱き込んだ桂一の髪《かみ》を撫《な》でながら、ラシードが『ケイ』と呼んだ。

恋人の体温と慈《いつく》しむような手の動きに、うとうとと微睡《まどろ》みかけていた桂一は、いまにも閉じそうな目蓋《まぶた》をこじ開ける。

寝室《しんしつ》の寝台《しんだい》に移動したあとも、昨日の分を取り立てると言わんばかりに、ラシードは桂一を離《はな》してくれなかった。若さの情動のままに責め立てられ、散々よがり啼かされたせいで、いま自分はかなりぐったりしている。とは言っても、身も心も満ち足りているためか、心地《ここち》よい疲《つか》れだ。

『夏に一緒《いっしょ》に英国に行かないか。その頃《ころ》にはマラークの国情も落ち着いているはずだ』

『えっ』

意外な誘《さそ》いに眠気《ねむけ》が吹《ふ》き飛んだ。顔を振《ふ》り上げて、ラシードの碧《あお》い双眸《そうぼう》と目が合う。

『英国……ですか？』

うなずいたラシードが、桂一の前髪《まえがみ》をやさしく指で掻《か》き上げた。

『あんたも知ってのとおり、英国には母がいる』

ラシードの実母はファサド前国王との離婚《りこん》後に英国へ戻《もど》り、数年後、貴族と再婚《さいこん》した。再婚相手との間に七歳になる男の子がいる。ラシードにとっては、年の離れた種違《たねちが》いの弟だ。

『母君と弟君に会いに行かれるということですか？』

桂一が確認《かくにん》すると、ラシードは『それもあるけど』と言った。

『母が住んでいるカントリーハウスは湖水地方にあって、自然がすごく豊かなんだ。俺の素性《すじょう》を知っている人間もいないから、俺もあんたもリラックスできる』

口ぶりから察するに、昨日今日の思いつきではなく、かねて検討していたようだ。

『マラークにいると、あんたは俺のボディガードとして、常に気を張り詰めてなけりゃならないだろ？』

『それが私の仕事ですし、自分で望んだことでもありますから』

『そう言ってくれて有り難《がた》いけど……』

ラシードが少し切なげに目を細める。

『マラークに来て一年になるし、疲れも溜《た》まってきてる頃じゃないかと思ってさ』

それについては否定できない。

ここ最近は時折、朝起きるのが辛《つら》いことがあるからだ。だがそれは、ラシードが明け方まで寝《ね》かせてくれないせいもあるのだが。

『そろそろあんたを任務から解放してのんびりさせてやりたいんだ』

マラークの国事を担《にな》うだけでも大変なのに、自分のことまでそんなふうに気遣《きづか》ってくれる恋人のやさしさに、じんわり心が温《ぬく》もる。

『……ラシード』

『というのは建前で』

いたずらっぽい表情のラシードが、唇《くちびる》の片端《かたはし》をにっと持ち上げた。

『誰《だれ》の目も気にせずにあんたといちゃいちゃしたいってのが本音』

釣《つ》られて笑《え》みが零《こぼ》れる。

桂一は恋人の胸に額をくっつけ、そっと凭《もた》れかかった。

『……たまにはそれもいいですね』

絶対者の恋 上

アシュラフ×東堂和輝

アシュラフ×東堂和輝

1

『三月の中頃《なかごろ》に一緒にシャムスへ行かないか？』

早々に卒論を提出して卒業を決め、バイト三昧《ざんまい》の日々を過ごしていた俺に、アシュラフが国際電話でそう誘ってきたのは、二月の終わりだった。

大学院の授業が始まるのは四月に入ってから。それまでの間、大学に顔を出すのは三月二十五日の卒業式くらい。その卒業式だって、引き続き同じキャンパスに通う俺にとってはとりたてて思い入れもないセレモニーだ。ぶっちゃけ参列しなくてもいいかなってレベル。

だから、カフェバイトのシフトさえクリアできれば、十日くらい日本を空けるのは問題なかった。

『シャムスって、湾岸《わんがん》の国だよな？』

右耳と肩《かた》の間に挟《はさ》み込んだ、アシュラフ専用のスマホに向かって確認しながら、俺は頭の中にアラビア半島の地図を広げた。

一応これでも外交官志望だし、最新の世界地図は細部までしっかりと頭に入れている。とりわけ中東方面はマラークがあるから、俺的に最重要エリアだ。

シャムスは、アラビア湾《わん》に面する湾岸諸国の中でも一、二を争う経済大国。豊富な石油の埋蔵《まいぞう》量を礎《いしずえ》に近代化が進み、経済も発展している。ヨーロッパやアジアのセレブが訪《おとず》れるリゾートとしても有名だ。

最近の日本のテレビでは、産油国としての顔より、テーマパーク並みの広さを誇《ほこ》るショッピングモールや奇抜《きばつ》な形の建造物、豪華《ごうか》客船が停泊《ていはく》するヴィラや超高級《ちょうこうきゅう》ホテルなど、高級リゾートとしての顔をクローズアップする番組が多い。

大学の女子の中にも、いま一番行きたい国の筆頭にシャムスの名を上げるやつが結構いる。どうやらシャムスの免税《めんぜい》ではトップブランドのレアアイテムが手に入るようだ。ブランド天国にプラスして、砂漠《さばく》と海があるところが魅力《みりょく》なんだろう。その点、残念ながらマラークには海がない。そこが湾岸諸国との決定的な差だ。

『そうだ。実はシャムスには妹が嫁《とつ》いでいてな』

『って、マリカさん？』

アシュラフは四人きょうだいで、男の兄弟に交じって妹がひとりいることは知っていた。ただ彼女は二十歳《はたち》かそこいらで他国に嫁いでしまったとのことで（アラブの国の女性たちは総じて結婚《けっこん》が早い。十五、六歳で嫁ぐこともそうめずらしくないと聞いた。基本親同士が決めた婚姻《こんいん》で、恋愛結婚《れんあいけっこん》はほとんどないらしい）、とうに王室を離《はな》れて久しく、従って俺が昨年の夏にマラークを訪れた際に顔を合わせる機会はなかった。

『マリカはシャムス国王の第一王妃《おうひ》になっている。ふたりの息子《むすこ》にも恵《めぐ》まれ、幸せにやっているようだ』

これは俺の想像だが、一般人《いっぱん》でさえ恋愛結婚は少ないのだから、いわんや王族同士ともなれば政略結婚といっても差《さ》し支《つか》えのない婚姻だったんじゃないだろうか。

それでもその結果、きちんと世継《よつ》ぎを産んで第一王妃としての役割を果たし、なおかつ幸せに暮らす妹に、アシュラフも兄として安堵《あんど》しているに違《ちが》いない。

『そのシャムスで、四年に一度ワールドカップが開催《かいさい》されるのは知っているか？』

『W杯《ワールドカップ》ってサッカーの？』

ユニフォームである白いシャツの袖《そで》に片腕《かたうで》を通しながら訊《き》き返した。アシュラフから電話がかかってきたのが、ちょうどアルバイト先――伯父《おじ》の経営するカフェ【café Branche】のバックヤードで着替《きが》えを始めた矢先だったのだ。

（ん？　次のW杯って中東開催だっけ？）

俺はサッカーについてごく一般的な知識しかないが、なんか違う気がする。それにW杯は一昨年《おととし》開催されていたはずだと思っていたら。

『いや、サッカーじゃない。競馬レースのワールドカップだ』

『競馬!?』

予想外の返答に、前立てのボタンを嵌《は》めていた手が止まった。

『「シャムスワールドカップ」は世界一賞金額が高いレースとして有名で、世界中からたくさんの観客が押し寄せる一大イベントなんだ。また、シャムスに縁《ゆかり》のあるゲストが招かれる社交の場でもある』

競馬はサッカーよりもっと疎《うと》い俺は、『……ふぅん』と相槌《あいづち》を打った。馬は好きだけど賭け事に興味がないんで馬券を買ったこともない。

でもそういや、名のある競馬場ってのはそもそもは王侯《おうこう》貴族の社交場なんだっけ。英国のアスコット競馬場なんて王室がオーナーのはず。

『そのワールドカップに、ハリーファ王家も招待を受けた。だがおまえも知ってのとおり、リドワーンは士官学校に在学中で、カマル叔父《おじ》とラシードは国を離れられない』

たしかに現状、国事をつかさどるカマル殿下《でんか》やラシードがマラークを留守にするのは難しいだろう。内政が落ち着くまでの間一年くらいは、外交のために他国を表敬訪問するのも控《ひか》えると、以前ラシードが言っていた。前王の崩御《ほうぎょ》から一年足らずのいまは、外交より国内の安定が優先ということだ。

『そこで俺が指名された』

長男のアシュラフがハリーファ王家代表で赴《おもむ》くのは、むしろ向こうにしてみれば大歓迎《だいかんげい》なんじゃないかと思うが、問題は。

『そんな時間あんの?』

なんといってもアシュラフは多忙《たぼう》だ。

世界各地に数え切れないほどの会社を持っている上に、昼となく夜となく常時アンテナを張り巡《めぐ》らせ、投資対象となる有望企業《きぎょう》の情報を収集している。拠点《きょてん》はニューヨーク州マンハッタンにあるが、一年の大半を旅先で過ごす。言うなればプライベートジェットが家みたいなもんだ。

現在遠距離《えんきょり》恋愛《れんあい》中の俺とだって滅多《めった》に会えない。一番近いところじゃ去年の暮れ、クリスマス休暇《きゅうか》に俺がニューヨークを訪ねたのが最後だ。

とはいえ毎日なんだかんだで電話で話しているし、最近はテレビ電話で顔も見られるので以前よりは寂《さび》しくないけど。

と、強がりつつタブリエの腰紐《こしひも》を結んでいたら、やや得意げな声が耳に届いた。

『調整が大変だったが、なんとか十日間のオフをもぎ取った』

『マジ⁉』

テンション高めの声が飛び出る。

このところ常にも増して鬼忙《おにいそが》しいアシュラフがまるっと十日分のオフを取るハードルは、米国大統領より高いかもしれない。

『すっげーじゃん!』

思わず興奮気味に叫《さけ》んでから、あわてて声をひそめた。いまバックヤードにいるのは俺ひとりだが、すぐ壁《かべ》の向こうに厨房《ちゅうぼう》があり、厨房スタッフと伯父が働いている。

『俺がシャムスの地を踏《ふ》んだのはマリカの婚礼《こんれい》の時だから、かれこれ六年前になる。当時から国を挙げて近代化を押し進めていたが、ここ最近の発展は頓《とみ》にめざましい。マラークの先達として、シャムスは手本になることも多いだろう。一度国王とじっくり話をしたいと考えていたタイミングだったので、多少無理をしてでもと思ってな』

たぶん、第一秘書のユリウスが眦《まなじり》を決してスケジュールを調整したに違いない。

難題を押しつけられたユリウスの苛《いら》立《だ》ちの表情が目に浮《う》かぶ。だが心中はどうあれ、ボスに命じられたタスクは完璧《かんぺき》に遂行《すいこう》するのがユリウスだ。

『——で、どうだ？　行けそうか？』

期待を込めた問いかけに、俺は『行く行く！』と勢い込んで答えた。

十日もアシュラフと過ごせるなんてそんな千載一遇《せんざいいちぐう》のチャンスを逃《のが》す手はない。

それに、まだ行ったことのない湾岸諸国にも興味があった。将来を見据《みす》えれば、できるだけたくさんの国をこの目で見ておくに越《こ》したことはない。経験は最大の財産だ。

カフェのシフトは、最近新人のバイトが二名入ったのでなんとか回せるはず。あとは両親だけど。

『もしご両親の説得が必要なら、俺が直接話をしてもいいが』

先回りするようなアシュラフの申し出に、俺は首を横に振《ふ》った。

『いや……大丈夫《だいじょうぶ》』

前回の訪日の折、アシュラフが世田谷の実家を訪れ、うちの両親にカミングアウトした。

——私はご子息を……カズキを誰《だれ》よりも大切に思っています。

——カズキを愛しています。

爆弾《ばくだん》発言に、事前に聞かされていなかった俺もぶっ飛んだが、両親はもちろん相当に驚《おどろ》いたようだ。

まぁそれも至極《しごく》当然。男同士で、なおさら相手は外国人で異教徒で王族だ。

それでも……アシュラフの本気を覚《さと》ってか、最終的には俺たちの交際を認めてくれた。暮れのニューヨーク行きも、背中を押してくれたのは他《ほか》ならぬ両親だった。

『自分で話すよ。きっと「自分たちのことは気にせずに行ってこい」って言ってくれると思う』

耳許《みみもと》のアシュラフが、『そうか』と穏《おだ》やかな声を出す。

『では、この件はおまえに任せるが、ご両親には俺が「ご子息は責任を持って預からせていただきます」と言っていたとお伝えしてくれ』

『ん。わかった』

『それと、せっかくだからシャムスの前後にマラークに立ち寄ろうと考えている』

『あ、それいいね！　俺も桂一とラシードに会いたいし』

マラークに立ち寄れるとわかって、ますますテンションが上がった。

兄の桂一に会うのは昨年の夏以来だ。

桂一に対して以前のように恋愛感情《れんあい》めいたものを抱《いだ》くことはないけれど、基本俺がブラコンであるのは子供の頃《ころ》から変わりがない。桂一の顔を見てくると言えば、両親も喜ぶだろう。

『よし、そうと決まれば早急《さっきゅう》に段取りを詰《つ》めよう。これからアルバイトなんだろう？　今日は何時に終わる？』

『これから遅番《おそばん》のシフトに入って上がりは九時予定。つまりあと六時間後には自由の身』

『わかった。その頃にまた電話する』

『もしかしてこれから寝《ね》る？』

ニューヨークと日本の時差は十四時間。ニューヨークは現在深夜の一時だ。

『ああ、昨日は溜《た》まっていたレポートを消化していてあまり眠《ねむ》れなかったから、今日はもう少ししたら休もうと思っていた』

『そっか。じゃあゆっくり休んでよ。いい夢を――お休み』

『おまえとのバカンスの夢を見るよ。お休み』

終了《しゅうりょう》アイコンをタップして、スマホをタブリエのポケットに滑《すべ》り落とす。ロッカーの扉《とびら》を閉めた俺は、両手で顔をぱんっと叩《たた》いた。

『よっしゃ。バカンスのためにもまずは目の前の仕事だ』

段取りを詰めた結果、アシュラフがプライベートジェットで俺をピックアップしてマラークへ連れていってくれることになった。

っていくらなんでも過保護過ぎじゃね？　と思った俺は、

『別に迎《むか》えに来てくれなくていいって。ガキじゃないんだからひとりでマラークまで行けるし』

と抵抗《ていこう》したのだが、アシュラフも『日本に建設中の家を見に行くついでだ』と言い張ってきかない。電話口で延々押し問答した挙げ句に、俺が寄り切られる結果となってしまった。

砂漠《さばく》の男——ベドウィンの末裔《まつえい》だけあって、アシュラフは一度言い出したら梃子《てこ》でも動かない頑固《がんこ》なところがある。あとこれは王族だからだと思うが、空気読めないっていうか、敢《あ》えて読まないっていうか。

（ま、その強引《ごういん》さも魅力《みりょく》っちゃあ魅力なんだけどさ）

日程は、まずはアシュラフが東京に一泊《ぱく》。そのまま俺とマラークへ飛び、二泊《はく》したのちにシャムスへ移動。ここで三泊《ぱく》してマラークへ戻《もど》り、さらに三泊。その後、アシュラフはＰＪでニューヨークへ直行。俺は航空会社のエアを使い、ドバイ経由で東京へ戻ることが決まった。帰りも送ると言われたんだが、それは断固拒否《きょひ》った。さすがにそこまでしてもらったら、男としてのメンツが立たねえ。

それと、今回は完全プライベートなんで、第一秘書のユリウスとボディガードを帯同しないと言われた。

ユリウスはかなり渋《しぶ》ったらしいが、最終的には今回は里帰りってことで承諾《しょうだく》したようだ。彼《か》の砂漠の地に関しては、そこで生まれ育ったアシュラフが誰より詳《くわ》しいのは否定しようのない事実だから、ボスの要望を呑《の》むしかなかったんだろう。

俺としては、今回は邪魔者《じゃまもの》がいないとわかって（ボディガードを邪魔者と言っちゃ罰《ばち》が当たるが）、思わず握《にぎ》り拳《こぶし》を作っちまった。十日間、実質ふたりきりなんてチャンス、この先もそうはないはずだ。遠距離《えんきょり》でがんばっている俺に、神様からのプレゼントかもしれない。

十日間穴を空ける分を相殺《そうさい》しようとできるだけバイトのシフトを入れ、残りの時間も渡航《とこう》準備でバタバタしているうちに、あっという間に出発予定日の前日がやってきた。

その日の午後にはアシュラフが羽田に到着《とうちゃく》。都内の定宿【カーサホテル東京】に一泊した彼と俺は、翌日の夜、アシュラフのプライベートジェットに乗り込んだ。

このPJがマジハンパなくて、横になれる広いベッドとシャワー完備の個室はもちろんのこと、食堂やバー、体を動かせるエクササイズスペース、仕事のための書斎《しょさい》や会議室まで完備されている。まさに空を飛ぶ高級ホテルみたいな小型機だ。

その「飛ぶ高級ホテル」で恋人《こいびと》と甘くてラグジュアリーな時間をゆったりと過ごし、しっかり栄養も睡眠《すいみん》も取って（これで当分の間呑み収めのアルコールもたっぷり摂《と》った）、ベストコンディションでマラークの首都ファラフへ到着。

空港で真っ白なストレッチリムジンに乗り換《か》え、ハイウェイを走り出してほどなく、視界に懐《なつ》かしい風景が飛び込んでくる。木の生えていない小山、ナツメヤシの林、石の家が集まった小さな集落。

やがて、ごつごつした黒い石が点々と転がる礫《れき》砂漠《さばく》が見え始め、その石が徐々《じょじょ》に小さくなり、砂へと変化していく。

そうして現れる――辺り一面の砂。砂。砂。

『砂漠だ！』

俺は思わず窓に顔を寄せた。約八ヶ月ぶりの、連なる砂丘《さきゅう》に魅入《みい》られる。

『砂漠が好きか？』

飽《あ》きずに風紋《ふうもん》を眺《なが》めていると、アシュラフが背後から話しかけてきた。

『うん……』

もちろん、美しいだけでも雄大《ゆうだい》なだけでもないとわかっている。この身でその恐《おそ》ろしさも味わった。

それでもやっぱり惹《ひ》かれずにはいられない。

アシュラフが俺の後頭部に手を置き、ぽんぽんとやさしく叩いた。

その大きな手から、恋人の思念が伝わってくるような気がする。

アシュラフもまた、砂漠が大好きなのだ。

その身に流れるベドウィンの血が、どうしようもなく砂漠を求めるのかもしれない。

砂の砂漠が十分ほどで途切《とぎ》れたあと、リムジンは市街地に入った。

異国情緒《じょうちょ》豊かなイスラム風の建物と現代的なビルが混在する、都心の喧噪《けんそう》を車窓越《ご》しに眺めていると、しばらくして閑静《かんせい》な高級住宅街に到達《とうたつ》する。マラークのビバリーヒルズ――富裕《ふゆう》層の居住区だ。高級住宅街を抜《ぬ》け、数分後には目的地である王宮に着き、御影石《みかげいし》の外門をくぐった。

石畳《いしだたみ》の公道の先に横たわるのは、全貌《ぜんぼう》を目視できないほどの広大な宮殿《きゅうでん》。

正門を中心に左右に長く延びる塀《へい》の上から、王室専用モスクの半ドーム型の屋根と尖塔《せんとう》が覗《のぞ》いている。

王宮前広場に集《つど》う観光客を尻目《しりめ》に正門をくぐり、リムジンは手入れの行き届いた緑の前庭をまっすぐと走った。最後は、モザイクタイルの装飾《そうしょく》で飾《かざ》られた六角形の噴水《ふんすい》を回り込んで、車寄せに停車する。

『アシュラフ殿下《でんか》、長旅お疲《つか》れ様でございました。ラシード殿下とトウドウ様がお部屋でお待ちでございます』

待ち構えていた侍従《じじゅう》三名に誘導《ゆうどう》され、俺とアシュラフはラシードと桂一が待つ部屋へと向かった。煌びやかな宮殿内を五分ほど歩き、辿《たど》り着いたラシードの私室の前には、軍服を着た王室警護隊の衛兵が二名立っている。

衛兵が左右に分かれ、両開きの扉の前に進み出た一番年嵩《としかさ》の侍従が、コンコンとドアをノックした。

『ラシード殿下、アシュラフ殿下とお客人のご到着《とうちゃく》です』

そう告げたのちに閂《かんぬき》を外し、扉を開く。

アシュラフが先に入り、俺はそのあとに従った。

ホールと見紛《みまが》う広さの主室の中程《なかほど》に、純白の民族衣装を着た若い男と、やはり民族衣装を纏《まと》い、眼鏡をかけた痩身《そうしん》の男が立っている。

『アッシュ！』

兄の通り名を呼び、両手を大きく広げたラシードが、白いローブの裾《すそ》と黄金の髪《かみ》をなびかせ、歩み寄ってきた。アシュラフも両手を広げて弟を受けとめる。

『ラシード！』

ふたりがぎゅっと抱《だ》き合った。

互《たが》いの体調を探《さぐ》り合うためにか、背中や脇腹《わきばら》にぽんぽんと触《ふ》れてから抱擁《ほうよう》を解く。今度は顔を覗き込み、肌《はだ》の色艶《いろつや》や目の輝《かがや》きを確かめ合った。

『元気そうだな』

『アッシュも』

満足げな笑《え》みを浮《う》かべたラシードが、次にアシュラフの傍《かたわ》らに立つ俺に右手を差し出してくる。

『カズキ、昨年の夏以来か』

『だね。ひさしぶり』

深海のごとく黒みを帯びた碧《あお》い瞳《ひとみ》と胡桃《くるみ》色の肌。ドーム型の天井《てんじょう》の明かり取りから差し込む光に反射して、金の髪がキラキラと煌《きら》めく。西洋と中東のハイブリッド。エキゾティックな美《び》貌《ぼう》とエネルギッシュなオーラは変わらず健在だ。

(いや……少し見ない間に顔つきが引き締《し》まって風格も出てきたか？)

『アハレーン・ゥ・サハレーン！　またマラークに来てくれてうれしいよ』

『俺もラシードたちに会えてうれしい』

俺たちが再会を喜び合っている間に、アシュラフは桂一に右手を差し出していた。

『ケイ、ひさしぶりだな』

『アシュラフ殿下、お会いできてうれしいです』

桂一も右手を差し出し、ふたりが握手《あくしゅ》を交《か》わす。

『いつもラシードの警護をありがとう。ケイが側にいてくれるから俺も遠方で安心していられる』

ラシードはいままでに二度命を狙《ねら》われている。二回ともに、絶体絶命の危機から身を挺《てい》してラシードを護《まも》ったのが桂一だった。

『ただお側《そば》にいることしかできておりませんが』

『なによりそれが一番だ』

アシュラフが桂一の右手を、さらに左手で包み込むようにする。感謝の気持ちを伝えようとしてか、強く握り締めた。

『感謝している』

『殿下……』

『いつまで握り合ってんだよ？』

俺の傍《かたわ》らから苛《いら》立った声が放たれ、横目で窺《うかが》うと、ラシードが険しい表情でアシュラフを睨《にら》みつけていた。

（おーおー……実の兄に対しても嫉妬《しっと》心丸出し。こういうところはガキっぽいっつーか、変わってねぇな）

『ラシード』

桂一の手を離《はな》したアシュラフが、おかしそうに口許《くちもと》を歪《ゆが》める。どうやら俺と同じ感想を持ったらしい。

『そうカッカするな。男の焼き餅《もち》はみっともないぞ』

『誰《だれ》が焼き餅焼いたよ⁉』

からかわれてムキになったラシードがさらに声を荒《あ》らげたが、元凶《げんきょう》であるところの桂一は恋人の嫉妬を取り合わず（たぶん気がついていない）、俺に視線を向けてきた。

『よく来たな』

ひさしぶりに顔を合わせた兄に、やや照れくさい気分で『うん』とうなずく。

艶《つや》やかな黒髪《くろかみ》も涼《すず》やかな目許《めもと》も最後に見た時と変わらない。こんなに陽射《ひざ》しの強い国にいるのに、不思議と肌も白いままだ。でも民族衣装はすっかり板に付いた。

（元気そうだ）

電話で声は聞いていたけれど、この目でちゃんと元気そうな姿を確認《かくにん》できてほっとした。

少しばかり表情が柔《やわ》らかくなったかもしれない。

前に会った時は、もっと気を張っている感じだった。異国での生活も一年近くになり、環《かん》境《きょう》に馴染《なじ》んだのか……もしくはラシードと上手《うま》くいっているせいかもしれない。

桂一もまた、懐かしむような眼差《まなざ》しをしばらく俺に注いでいたが、やがて口を開く。

『父さんと母さん、伯父《おじ》さん、伯母《おば》さんは変わりがないか？』

問いかけに、俺は肩《かた》を竦《すく》めた。

『みんな元気だよ。おふくろなんか元気過ぎて最近ボクササイズ始めてさ。家でもどったんばったん、うるせぇのなんの。小太郎も元気だし。……兄さんも元気そうで安心した』

さらりと自然に「兄さん」と口にできるようになった自分は、完全に過去のトラウマを乗り越《こ》えられたと感じる。

（これも……アシュラフのおかげか）

ぼんやり実感を噛《か》み締めていると、ラシードが気を取り直した顔つきで声をかけてきた。

『立ち話もなんだ。座ろう』


四人で三十分ほどコーヒーを飲みながら雑談をしたのちに、六時に宴会場《えんかい》での再会を約束していったん散会となった。

俺はその後、ラシードの侍従であるザファルと少し話をした。

前回世話になったザファルにはお土産《みやげ》（コンビニで売ってる袋入《ふくろい》りキャンディを数種類）を持って来たのだが、めちゃめちゃ喜んでくれた。こっちの男性は酒を呑《の》まない分、甘いものに目がないのだ。

ザファルと別れた俺とアシュラフは、ラシードの部屋からそれぞれの居室に移動した。

今回俺に宛《あて》がわれた部屋は、アシュラフの居住区の一角にあるゲストルームだった。アシュラフの私室とは地続きで、廊下《ろうか》を徒歩一分の距離《きょり》。

部屋に入るとスーツケースはすでに寝室《しんしつ》に運び込まれていた。

ここまでめずらしくジャケットとトラウザーズ姿だった俺は、ざっくりと荷解《にほど》きをして、いつもの白シャツとジーンズに着替《きが》えた。その後、アシュラフの部屋に行き、彼と連れだって広大な宮殿《きゅうでん》の散策に出た。ぶらぶら散歩しながら最終的に廏舎《きゅうしゃ》まで行き、再会した馬たちと戯《たわむ》れる。藁《わら》を食べさせたり、ブラッシングしたりしているうちに約束の六時になった。

歓迎《かんげい》の宴《うたげ》は、去年初めて王宮を訪《おとず》れた際に催《もよお》してもらったのと同じ形式だった。

宴会場で適当に飲み食いしていると、ゲストがふらりと訪れ、談笑《だんしょう》して去っていく——というスタイル。入れ替《か》わりの慌《あわ》ただしさに慣れてしまえば、畏《かしこ》まった晩餐《ばんさん》より気楽でいい。

俺自身は、近くに座っていたせいもあって、ラシードとたくさん話すことができた。

年が近いっていうのもあるが、もともとの感性が似ているのか、彼とは馬が合うようだ。共通の趣味《しゅみ》である音楽や映画、スノボなどの話題で大いに盛り上がった。

ラシードはマラークに戻《もど》ってから国外に出ていないらしいが、元遊び人だけあって流行に敏感《びんかん》で、各方面の最新情報にも詳《くわ》しかった。日本独自の文化やファッションのトレンドも気になるらしく、話を聞きたがったので、俺もできるだけ新しくてレアな情報《ネタ》を提供するよう心がけた。

一方、俺たちが情報交換《こうかん》し合っている間、アシュラフは桂一となにやら楽しげに話していた。アシュラフは、マラークとラシードに献身《けんしん》を尽《つ》くす桂一に強く恩義を感じている。弟の恋人《こいびと》として、または俺の兄として、桂一を大切に思ってくれているのがその表情から窺い知れて、俺としてもうれしかった。

いやってほど飲んで食べ、懐《なつ》かしい人たちと近況《きんきょう》を報告し合い、ウードの生演奏やベリーダンスを堪能《たんのう》し尽くした頃《ころ》、宴がお開きになる。

『ふたりともゆっくり体を休めてくれ』

宴会場を出たところでラシードに声をかけられ、アシュラフと俺は手を挙げて応《こた》える。

『和輝もちゃんと休んで疲《つか》れを取れよ』

桂一の言葉にうなずいた。

『また明日。お休み』

『お休み』

逆方向のラシードと桂一とはそこで別れて、アシュラフとふたりで彼の居住区へ向かう。

ライトアップされた夜の宮殿は、いよいよ荘厳《そうごん》だ。

モスクとナツメヤシのエキゾティックなシルエット。砂丘《さきゅう》を遠景に望める小高い東屋《あずまや》や、松明《たいまつ》が樹木の陰影《いんえい》を浮《う》かび上がらせる中庭、月が映り込むタイルモザイクのプールなど、アシュラフが絶景のナイトビューポイントを案内してくれた。異国情緒《じょうちょ》を満喫《まんきつ》しながらゆっくりと居住区まで戻る。

俺が自分の部屋の前で足を止めると、アシュラフが片眉《まゆ》を持ち上げた。

『まさか、このままここで眠《ねむ》る気じゃないだろうな？』

『……あー……』

こんな時間にアシュラフの部屋に行ったら、ただじゃ済まないのは目に見えている。昨日はプライベートジェットでの一泊《ぱく》だったからしてないし、アシュラフが二日続けて禁欲《きんよく》するとも思えない。普段離《ふだんはな》れていて滅多《めった》に会えない俺たちには一晩が貴重だ。

（でもな……宮殿の中ってのはちょっと）

昨年マラークを訪れた時は、「お初」は砂漠《さばく》だったし、二回目はアシュラフの別邸《べってい》。その後も旅先じゃ乾《かわ》く間もなく抱《だ》き合ってたけど、宮殿の中でイタシタことはなかった。

モスクもあるし、俺としてはなんとなく神聖な場所って感じがして気が引けるのだ。

そんなわけで俺が明快な意思表示をせずにいると、アシュラフが苛立ったように二の腕《うで》を摑《つか》み、大股《おおまた》で歩き出した。

『って、ちょっと痛いって！』

強引《ごういん》な男に廊下を引っ立てられ、あれよという間にアシュラフの私室まで辿《たど》り着く。

ここにも衛兵が二名立っていた。そもそもは政府発行の許可証を持った者しか王宮内には立ち入れないのだが、王族の部屋の前には必ず護衛が立っている。昨年、王族と王室警護隊の隊長が手を組んでのクーデターが起きたことで、警備がいっそう厳しくなったようだ。

　彼らの姿がはっきり見えた時点で、俺は観念した。ここで抗《あらが》ったら衛兵たちになにごとかと訝《いぶか》られる。

『わかったって。わかったから手、離《はな》してよ』

　小声で訴《うった》えると、ちらっと俺に横目をくれたアシュラフが、『逃《に》げるなよ』と釘《くぎ》を刺《さ》して手を離した。

　アシュラフの私室は、紫《むらさき》が基調となった美しい部屋だ。

　ファラフ郊外《こうがい》にある別邸然《しか》り、ニューヨークのアパートメントもそうだが、アシュラフは本当にインテリアの趣味がいい。アートにも造詣《ぞうけい》が深いらしく、さりげなく置かれているオブジェや絵画が、実は超《ちょう》有名なアーティストの作品だったりする。この部屋も、ともすれば華美《かび》になりがちなアラブ様式の造形を、現代風のファブリックや調度品を適所に配して、シックにまとめ上げている。

　東京に建築中の家も、かなり入れ込んで細部にまでこだわっているようだ。アシュラフいわく、『アッパー・イーストのアパートメントの次に長期滞在《たいざい》する「家」だからな』ということらしい。ここに来る前、東京に立ち寄った際も、定宿のカーサで日本人建築家（世界的に有名な人らしい。俳優みたいな男前だった）と長時間打ち合わせをしていた。

　俺が主室の細部を感心しつつ見回っている間に、アシュラフは寝室に行ってローブを脱《ぬ》ぎ、カフィーヤを取り去って戻って来た。

踝《くるぶし》までのトウブ姿。長く艶《つや》やかな黒髪《くろかみ》が、純白の衣装の背中で波打つ。

三《み》つ揃《ぞろ》いのスーツに身を包んだアシュラフも惚《ほ》れ惚《ぼ》れするほど格好《かっこう》いいが、俺はやっぱり民族衣装姿の彼が好きだ。そう簡単に見られないから希少価値が高いってのもあるけど。

(なんかエロいんだよな)

張《つ》り詰めた浅黒い肌《はだ》が布地越《ご》しにうっすら透《す》けて見えるのがエロティックで。

並みの男なら寸胴《ずんどう》に見えてしまうであろう直線的なフォルムを美しく着こなせるのは、高い腰《こし》位置と驚異《きょうい》的に長い脚《あし》があってこそ。

主室の真ん中に突《つ》っ立って恋人の艶姿《あですがた》をうっとり眺《なが》めていると、アシュラフが大きなストライドで近寄ってきた。俺の手を掴み、そのままぐいっと引き寄せる。

腰に両腕《りょううで》を絡《から》めるように回されて、至近からじっと見つめられた。強い光を湛《たた》える黒曜石の瞳《ひとみ》に、俺の顔が映り込んでいる。

『……カズキ』

肉感的な唇《くちびる》から俺の名前が発せられた。アシュラフの美声が、俺の名を呼ぶ際にひときわ甘みを増して聞こえるのは自惚《うぬぼ》れ……じゃないはず。

『やっとふたりになれたな』

双眸《そうぼう》をじわりと細めて、アシュラフが囁《ささや》く。

『……うん』

宴は楽しかったし、懐かしい人の顔も見られた。ラシードともいろいろ話せて親睦《しんぼく》を深められた。でもやっぱり、早くふたりきりになりたかったのは偽《いつわ》りのない本音だ。

（アシュラフも同じだったのか）

そう思ったら、胸がきゅんとして、なんだかすごくたまらない気持ちになった。

キス……したい。

（……したい）

俺の欲求《よっきゅう》を眼差《まなざ》しから汲《く》み取ったらしいアシュラフが、ふっと口許《くちもと》で笑う。艶《つや》めいた表情のままわずかに顔を傾《かたむ》け、唇を近づけてきた。

唇に熱い吐息《といき》を感じ、恋人の甘いくちづけを受け入れるためにゆっくり目を閉じた時。

コンコンとノックが響《ひび》いた。

『アシュラフ殿下《でんか》、東堂です』

聞き覚えのあるその声にびくっと肩《かた》が揺《ゆ》れる。

（……桂一⁉）

思わずアシュラフと顔を見合わせた。

――ケイか？

――……だね。

目と目で会話する。

桂一がわざわざアシュラフを部屋まで訪ねてくるなんて、一体なんの用だろう。

不思議だったが、それにも増していまここに俺がいるのはまずい気がした。

桂一だってアシュラフと俺が親しいのはわかっていると思うが（現にいま現在マラークにも一緒《いっしょ》に来ているわけだし）、にしたってこんな時間までアシュラフの部屋に入り浸《びた》っていると知られたら、礼儀《れいぎ》に煩《うるさ》い兄が眉をひそめるのは必至。

アシュラフの黒い瞳が「どうする？」と問うてくる。一考の末、俺は寝室《しんしつ》を親指で差した。

『あっちに隠《かく》れてる』

了承《りょうしょう》の印にアシュラフがうなずく。俺が、寝室と主室を往《ゆ》き来するためのアーチに辿り着くのを待って、アシュラフは扉《とびら》へ向かった。俺は紫のカーテンを捲《めく》り、寝室の中に入る。カーテンの裏に身を隠し、息を潜《ひそ》めた。

『夜分に申し訳ございません』

ややして桂一の声が聞こえてくる。

『ケイ、どうした？　なにかラシードに問題でも？』

懸念《けねん》を帯びたアシュラフの声が問うた。

アシュラフも「なぜこんな時間に？」と訝《いぶか》しんでいたんだろう。

『いいえ、そうではございません。——昨年の訪日の折、殿下が私の生家を訪ねてくださった

ましてお会いする機会にぜひとも御礼《おれい》を申しあげたいとかねて思っており

と両親に聞きました。次にお会いする機会にぜひとも御礼を申しあげたいとかねて思っておりまして……』

『ああ……その件か』

合点《がてん》がいったようなつぶやきに続き、『わざわざありがとう。入ってくれ』と入室を促《うなが》す声。

『失礼いたします』

どうやら桂一は、例の件でアシュラフに礼を言いたかったようだ。律儀《りちぎ》な桂一らしい。

昨年の秋に来日したアシュラフが、俺たちの仲をカミングアウトした件は、両親の判断で桂一には伏《ふ》せられていた。

桂一には、「アシュラフ殿下が王室を代表して感謝の意を伝えるためにわざわざ我が家に立ち寄ってくださった」とだけ伝えたらしい。

真面目《まじめ》な兄を驚《おどろ》かせてはいけないという配慮《はいりょ》らしいが、俺が桂一に真実を伏せている理由はそれとは別にある。

親には不可抗力《ふかこうりょく》でカミングアウトする運びになってしまったが、いずれは桂一にも話さなければならないことは俺だってわかってる。

でもたぶん、それにはもうしばらく時間を置いたほうがいい。

兄弟共に同性が恋人《こいびと》だとわかったら、生真面目《きまじめ》な兄が東堂の家のことを考えて思い悩《なや》む可能性が高いからだ。

俺自身は、ドライな考え方かもしれないが、東堂の家が自分たちの代で終わっても仕方がないと思っている。

普通《ふつう》に結婚《けっこん》したって子供ができない、もしくは作らない夫婦《ふうふ》はたくさんいる。少子化の昨今、家が絶えるのは特別なことじゃない。両親も、そんなことで子供を責めるタイプじゃない。子供たちが幸せならばそれが一番だと思ってくれるはずだ。

去年のカミングアウト後、父と母と腹を割っていろいろ話をする機会が増えた。結果、俺はそう結論に至った。

だけど、養子であり、長男でもある桂一はそんなふうには割り切れないんじゃないか。

俺や両親が気にするなと言っても負い目を抱《いだ》きそうで……。

(だから……もうちょっと黙《だま》っていたほうがいい)

せめてマラークの国情が安定して、桂一の肩の荷《に》が軽くなるまで。

当面の危機が去って気持ちに余裕《よゆう》が出てくれれば、桂一も受け止め方が変わるかもしれない。

そんなことをつらつら考えているうちに、いつの間にか桂一とアシュラフの話は終わっていたらしい。

いきなり目の前のカーテンが捲り上げられ、俺はびくっと竦《すく》み上がった。

『……っ』

アーチに立つアシュラフを見て、『……なんだよ』と大きく息を吐《は》く。

『終わったんならそう言えよ』

びびったのを見られた気まずさも手伝い、ぶっきらぼうな物言いをした。アシュラフは突っかかる俺に取り合わず、肉感的な唇の片端《かたはし》を持ち上げる。

『聞いていたか？　ケイが「日本にお出《い》での際はぜひ和輝をアテンドにお使いください」と言っていたぞ。「あれも殿下のお役に立てることができればうれしいと思います」と』

聞いてなかったけど、俺は唇を尖《とが》らせた。

『んなの言われるまでもなくアテンドしてんじゃん。一昨日《おととい》だって浅草に連れて行っただろ？』

昨年の秋に果たせなかった約束を果たすために、一昨日は浅草を案内して、「もんじゃ焼き」を食べさせた。アシュラフは鉄板の上のもんじゃを見て、はじめは微妙《びみょう》な顔つきをしてたけれど、食べたら存外口に合ったらしく、『おもしろい食べ物だ』とまんざらでもない口ぶりだった。

『ああ……アサクサは楽しかった』

『渋谷《しぶや》とか新宿みたいな都心もいいけどさ、下町もなかなか風情《ふぜい》があっていいだろ？』

『そうだな』

うなずいたアシュラフが、手を伸《の》ばしてきて俺の頬《ほお》に触《ふ》れる。あったかい手は、俺の頬をすっぽり包んでしまう大きさだ。手のひらの皮は思いの外に硬《かた》く、アシュラフの手がサインをするためだけにあるのではないと俺に教える。実際馬にもラクダにも乗るし、ヨットも操《あやつ》る。砂《さ》漠《ばく》の王子はアウトドア派なのだ。

『俺は……おまえと一緒ならばどこでもいい』

低く囁き、アシュラフがそっと頬をさすった。やさしい手の動きが心地《ここち》よくて、俺は首筋を揉《も》まれた猫《ねこ》みたいに目を細める。

『……カズキ』

耳殻《じかく》を操る昏《くら》くて官能的な声にうっとりと目を閉じた。

さっきは桂一に中断されてしまったので、待ち遠しい気分になる。

恋人の甘いキスを待ち侘《わ》びて、せがむように顔を仰向《あおむ》けると、ゆっくりと吐息が近づいてきた。本当に焦《じ》れったいほどにゆっくり。

(早く)

焦れる俺をいなすように、アシュラフの指が首の後ろをさわさわとさすった。だけど、そんなことじゃ誤魔化《ごまか》されない。

一分でも一秒でも早く、長く抱《だ》き合いたい。

あんたもそうじゃないのか？

痺《しび》れを切らした俺が、恋人の首に片手を回した直後、漸《よう》く熱を帯びた唇《くちびる》が触れてきた。ちゅくっと吸って、すぐに離《はな》れる。

（え？　もう？）

肩透《かたす》かしな気分になった俺は、自分からアシュラフの唇に唇を押しつけ、ちゅっ、ちゅっと吸った。それでもアシュラフが仕《し》掛《か》けてこないので、誘《さそ》うように舌先でぺろっと唇を舐《な》める。が、アシュラフは動じず。

（なんだよこれ……焦らしプレイ？）

イラっとして、頑《かたく》なに閉じられた唇の隙間《すきま》を、強引《ごういん》に舌先でこじ開けようとしたとたんだった。

突然《とつぜん》、後頭部に添《そ》えられていたアシュラフの手が俺を引き寄せ、噛《か》みつくみたいに唇をぶつけてくる。不意を突《つ》かれた俺の半開きの口に、ねじ込むように濡《ぬ》れた舌を差し入れてきた。口《こう》腔《こう》内に侵入《しんにゅう》を果たすやいなや、アシュラフの舌が動き始める。

『……んむっ……っ……』

喉《のど》の奥まで押し入ったかと思うと、上顎《じょうがく》の敏感《びんかん》な粘膜《ねんまく》を舌先で愛撫《あいぶ》し、歯列をなぞる。弱い場所を知り尽《つ》くした男の的確な舌戯に、ぞわっと背筋が震《ふる》えた。

『っ……ぁ……』

気がつくと、俺は夢中でアシュラフの舌の動きに応《こた》えていた。

『……ふっ……』

丁寧《ていねい》な愛撫から一転、今度は乱暴に口の中を掻《か》き混ぜられ、ふたり分の水音が鼓膜《こまく》に響《ひび》く。

呑《の》み込みきれずに溢《あふ》れた唾液《だえき》が唇の端《はし》から滴《したた》り、顎《あご》と喉を濡らした。

熱に浮《う》かされたみたいに口腔内をまさぐり合い、舌を絡《から》ませ合っているうちに、全身が発熱して意識がぼうっとしてくる。膝《ひざ》が震えて力が抜《ぬ》けそうになり、俺はアシュラフの逞《たくま》しい体にしがみついた。

『……く、んっ』

お互《たが》いを奥深くまで貪《むさぼ》り合っては離し、また角度を変えてさらに深く——を繰《く》り返し、どれくらい恋人のキスに酔《よ》っていたんだろう。いい加減顎が怠くなってきたところで、アシュラフが名残惜《なごりお》しげに唇を離し、耳許《みみもと》に囁《ささや》いてきた。

『……寝台《しんだい》へ行こう』

『…………』

欲情《よくじょう》を帯びたその誘いに、もはやコクコクとうなずくことしかできない。足許《あしもと》が若干覚束《じゃっかんおぼつか》ない俺を支えるようにして、アシュラフが寝台まで運んでくれる。

どさっと仰向けに倒《たお》れた俺に、すかさず覆《おお》い被《かぶ》さってきた。

のし掛《か》かってくる恋人の充実《じゅうじつ》した筋肉の重みが気持ちいい。

こういう感覚って男同士ならではだよな……とぼんやり思った。

『……ン……』

ふたたび啄《ついば》むみたいなキスから仕切り直し。今度は首筋とか耳朶《みみたぶ》とかも舌で辿《たど》られて、くすぐったさに俺は身を捩《よじ》った。喉からくくっと笑いが漏《も》れる。お返しにアシュラフの耳にかぷっと噛みついた。

『こら』

『だってあんたが先に……って、ひゃっ……バカ、耳ん中に舌入れんなよ。マジでくすぐったいって』

じゃれ合いながら、だんだんキスが深くなってくる。アシュラフの本気のくちづけに応えるために、俺は広くて堅牢《けんろう》な背中に両腕《りょううで》を回した。

『……っ……ふっ……』

恋人の体が布越《ご》しにも熱を帯びていくのがわかり、伝播《でんぱ》するみたいに俺の体温も上がっていく。自分が興奮しているのがわかる。興奮ってか、発情？

情熱的なキスに酔いしれていた俺たちは、背後の気配にまるで気がつかなかった。

『カズキ!?』

突然《とつぜん》響《ひび》き渡《わた》った自分の名前に、びくっと震《ふる》える。瞬時《しゅんじ》に身を返したアシュラフが叫《さけ》んだ。

『ラシード！』

（え？）

アシュラフの肩越《かたご》しにラシードの姿を認めた俺も、とっさには状況《じょうきょう》が理解できずにフリーズする。

（なんで……ここにラシードが？）

俺たちも完璧《かんぺき》に不意を突かれたけれど、驚《おどろ》いたのはラシードも同様らしかった。

アーチに呆然《ぼうぜん》と立ち竦《すく》み、驚愕《きょうがく》の表情で固まっていたが、ややあって我に返ったらしく、

『……あ……ご……ごめん』と上擦《うわず》った声で謝ってくる。

『俺……アッシュが浴室にいるかと思って……』

意図せず兄のラブシーンを覗《のぞ》き見してしまったばつの悪さからか、ラシードが顔をしかめた。

弟の謝罪を受けたアシュラフが、咎《とが》めるような低音を落とす。

『兄弟とはいえ、勝手に部屋に入るのはマナー違反《いはん》だぞ』

痛いところを突かれたのだろう。ラシードがきゅっと眉根《まゆね》を寄せる。

『ほんと……ごめん。……すみませんでした』

アシュラフがふぅと息を吐《は》いた。先に寝台から降り立ち、まだ横たわったままだった俺に手を差し伸べてくる。その手を摑《つか》んで俺も上体を起こした。

体を起こしたものの、まだ顔は引き攣《つ》っている。

桂一には当分知らせないほうがいいという認識《にんしき》を新たにした矢先、こんな形でラシードにバレてしまうとは思わなかった。まったくもって予想外の展開だ。

だが、なかなか衝撃《しょうげき》から立ち直れない俺とは対照的に、アシュラフは落ち着いていた。不意打ちに動じたのはほんの一瞬《いっしゅん》で、すぐに平素の自分を取り戻《もど》したようだ。

その落ち着き払《はら》った様子を見てか、ラシードが確認してくる。

『あのさ……これってどういうこと？』

当然の質問に、アシュラフが真面目《まじめ》な顔で答える。

『どうもこうも、見てのとおりだ』

『見てのとおりって、つまり……』

数秒躊躇《ためら》う様子を見せてから、ラシードが続きを口にした。

『ふたりはつき合ってるってこと？』

『そうだ』

アシュラフが堂々と認める。

『………っ』

ラシードが息を呑んだ。俺だって驚いた。

（んな堂々と言っちゃっていいのかよ？）

『……いつから？』

『昨年の夏からだ』

『それって、カズキが初めてマラークに来た時ってこと？』

アシュラフがうなずく。

ラシードは少しの間黙《だま》って考え込んでいるふうだった。過去のあれこれを思い起こしているらしきその表情《かお》に、やがて納得《なっとく》したような色が浮かぶ。

（……もしかして……認めてくれた？）

固唾《かたず》を呑んでラシードを見守っていた俺は、表情の変化に安堵《あんど》の息を吐き、寝台から降りた。

アシュラフの傍《かたわ》らに立ち、居住まいを正して『ラシード』と話しかける。

これだけはどうしても釘《くぎ》を刺《さ》しておかねばならないことがあった。

『驚《おどろ》かせてごめん。こうなった以上もう隠《かく》す必要もないけど、ひとつ頼《たの》みがある。俺たちのこと、桂一には言わないでいて欲しいんだ』

『ケイに……？』

『いずれ俺からきちんと話すから、それまでは黙っておいて欲しい。——頼む』

真剣《しんけん》な面持《おもも》ちで懇願《こんがん》し、ラシードの目をじっと見つめる。ラシードも俺の視線をまっすぐ受けとめていたが、ほどなく首を縦に振《ふ》った。

頭のいい男だから、どうやら説明しなくとも俺の心情を察してくれたらしい。

公私に渡《わた》って桂一の性格を知り尽くしているラシードにしても、できれば恋人《こいびと》に余計な心労を負わせたくない気持ちは同じなんだろう。

『わかった。ケイには言わない。内緒《ないしょ》にしておく』

『ありがとう。助かるよ』

ほっと全身の力を抜いた俺の肩《かた》にアシュラフが手を置いてきた。顔を上げると、『よかったな』と微笑《ほほえ》んでくる。ぽんと俺の肩を叩《たた》いて、アシュラフは弟を見た。

『ラシード、俺からも礼を言う』

『いいよ。別に』

ラシードが肩を竦《すく》める。

『それと、驚かせて悪かった』

『いや……まぁたしかに驚いたけどさ……でも』

『ラシード？』

『どっちかっていうと……アッシュに大切な人ができたの、うれしかった』

アシュラフが意外そうに目を瞠《みは》った。

『アッシュはモテるけど、同じ相手と長く続かなかっただろ？　それって忙《いそが》し過ぎるせいじゃないかって思ってたけど』

『……………』

アシュラフはそれに関してなにも言わなかったけれど、ラシードは無言を肯定《こうてい》と受け取ったようだ。

『ふたりとも真剣なんだろ？』

ラシードに改めて問われた俺たちは、顔を見合わせた。

真剣かって問われれば、そりゃあもちろん。

そうでなかったら、こんな面倒《めんどう》くさい恋愛《れんあい》なんかしない。

同性であること、年の差、身分の差、遠距離《えんきより》……目の前には越《こ》えなきゃいけないハードルばかりだ。

会いたい時に会えない。関係を公《おおやけ》にもできない。

家庭を築くことも子供を作ることもできない——なんの将来の保証もない関係。

遊びだったら、こんなリスキーな相手は選ばない。

もっと楽しいだけの恋愛もあるだろうし、世間一般《いっぱん》に言う「幸せ」を築くために適した相手だって、きっと探せばいるはずだ。

(それでも……俺は)

アシュラフじゃなきゃ駄目《だめ》だから。

声にせずとも俺の心のうちを読み取ったんだろう。アシュラフが、俺もだと言うように力強くうなずいた。ふたり同時にラシードを見る。

『カズキを愛している』

アシュラフが揺《ゆ》るぎない口調で宣言した。

(うっわ)

相変わらずメンタリティが根本的に俺とは異なるっていうか、「照れ」や「恥《は》じらい」の概《がい》念《ねん》が欠落してんなーと思う。感情を表現するのに臆面《おくめん》ないっつーか。

その点シャイってわけじゃないけどなんだかんだいってメンタルが日本人の俺は、ラシードの前で認めるのは照れくさかったが、この状況で言わないわけにはいかない。

日本人以外に「言わなくても伝わる」が通用しないのは、アシュラフとのつき合いで学んだし。

『……俺も』

とはいえやっぱり恋人《こいびと》みたいに堂々とは宣言できない俺の控《ひか》えめな肯定に、それでもラシードは満足げに微笑んだ。

『だったら、なにも言うことはないよ』

アシュラフ×東堂和輝

2

ラシードが部屋から去り、ふたりだけの時間が戻《もど》ってくる。

アシュラフとカズキは仕切り直しとばかりに寝台《しんだい》で抱《だ》き合っていた。

仰向《あおむ》けのアシュラフの上にカズキが俯《うつぶ》せで重なり合っている。

重すぎもせず、かといって健康状態が心配になるほど軽すぎもしない、恋人《こいびと》の適度で心地《ここち》よい重みに、アシュラフは喩《たと》えようもない幸福を感じた。亜麻色《あまいろ》のやわらかい髪《かみ》を指で梳《す》きながら、愛するひとを抱き締《し》める悦《よろこ》びを噛《か》み締める。

普段《ふだん》は離《はな》れて暮らす自分たちにとって、誰《だれ》にも邪魔《じゃま》されないふたりだけの時間は、黄金や宝石よりも価値のあるものだ。

(それにしても)

ケイといいラシードといい、今日はいいムードになっているところに邪魔が入る日だった。

ただでさえ昨夜はプライベートジェット泊《はく》で、恋人と抱き合うことができなかった。正確には、抱き合って眠《ねむ》りはしたが、愛し合うことができなかった。

恋人との逢瀬《おうせ》は一分一秒が貴重だ。

できることなら二十四時間ベッドの中で、その若木のようにしなやかでかつ淫《みだ》らな体を抱《だ》いて過ごしたいくらいだ。それを忍耐《にんたい》力を総動員して我慢《がまん》しているというのに……。

アシュラフは恋人の髪を梳く指を止め、うっすら眉《まゆ》をひそめた。

だがまぁいずれラシードには話さなければならないと考えていたので、そういった意味では手間が省けてよかったのかもしれない。

ラシードも最初は驚《おどろ》いてはいたが、最終的には納得していた。仮にラシードが反対したところで別れる気持ちなど毛頭なかったが、親族の理解は得られるに越したことはない。

それに、ケイには秘密にすると約束してくれた。

その点は助かった。

カズキはケイに関して神経質になっている。血が繋《つな》がらない兄弟だからなおのこと気を遣《つか》うのかもしれない。日本人のメンタルが繊細《せんさい》なのはわかっていたつもりだが、自分の思う以上に彼らは人間関係にナーバスだし、それは家族間であっても変わらないものらしい。

（本当は……）

家族のみならず全世界に向けて大々的に発表したいくらいだ。

彼こそは自分の愛するひとであり、生涯《しょうがい》を誓《ちか》い合った相手だと。

カズキに言い寄ってくる虫——男女問わず——を追い払《はら》うためにも、自分のものだと高らかに宣言してしまいたい。

だが、そうはいかないのはわかっている。

自分たちの関係は、公にできる類《たぐい》のものではない。

米国では州によって同性婚《こん》が認められ、同性のカップルもオープンな存在となりつつあるが、日本ではまだゲイであることを隠《かく》す人間も多いと聞く。カズキの生きる世界でタブーであるからには、自分が先走ってはならない。

そもそもカズキはノーマルな嗜好《しこう》の持ち主だ。

兄のケイに報《むく》われぬ思慕《しぼ》を抱いていたが、所詮《しょせん》はブラザーコンプレックスをこじらせたようなもの。本物の恋愛ではなかった。もちろんそれでもカズキは傷ついたし、彼の失恋《しつれん》の痛手に自分が付け込んだのも事実だ。

それくらいカズキが欲しかった。

どうしても手に入れたかった。

カズキに会うまでの自分は、ノーマルな人間に手を出さないことを信条としてきた。

向こう側の人間をこちら側に引き入れるのは、多大なリスクを伴《ともな》う。結果的に別れを迎《むか》えたあと、向こう側にすんなり戻れればいいが、そうでなかった場合、往々にして苦しむことになるからだ。

生涯添《しょうがいそ》い遂《と》げる覚悟《かくご》がなければ、手を出してはならないと心に誓ってきた。

その自分が、カズキに関しては信条を違《たが》えた。

ノーマルとわかっていても諦《あきら》めきれず、なりふり構わず口説き落とした。

プライオリティの一番がマラークにあり、恋愛《れんあい》に関してどこか冷めた部分があった自分が、ここまでひとりの人間に夢中になれるとは思ってもみなかった。

無論こうなったからには、自分の命に代えてもカズキを護《まも》り抜《ぬ》き、生涯を共にする覚悟はあるが……。

いまでも不思議に思うことがある。

自分は決して運命論者ではない。どちらかと言えばリアリストだ。だからこそ、王位継承《けいしょう》権を放棄《ほうき》し、自分の意志を貫《つらぬ》き通した。

そうやって、あらかじめ定められた宿命にすら抗《あらが》ってきた自分が。

カズキと機上で初めて会い、その勝ち気な瞳《ひとみ》と目が合った瞬間《しゅんかん》、彼と巡《めぐ》り会うためにいままでの自分はあった――との確信めいた思いを抱いたのだ。

漸《よう》く運命の相手に出会った、と直感的に覚った。

あの瞬間の、雷《いかずち》に打たれでもしたかのような衝撃《しょうげき》を忘れられない。

そして、その直感は正しかった。

『俺の……運命《マスイール》』

口癖《くちぐせ》になっている言葉を囁《ささや》いて、恋人の指通りのいい髪にくちづける。健《すこ》やかで素直《すなお》な髪だけでなく、カズキはどこもかしこも健康的で綺麗《きれい》だ。全体的にスレンダーだが筋肉もほどよくついており、締まるべきところは引き締まっていて抱き心地がいい。

いまだに時々、彼が自分の腕《うで》の中にいることが信じられず、都合のいい夢じゃないかと疑うことがある。若くて利発で魅力《みりょく》的な恋人が、セクシャリティの壁《かべ》を越《こ》えて自分を選んでくれた幸運が信じられない。

『……アシュラフ』

少し癖《くせ》のあるハスキーヴォイスが、甘えるように自分の名前を呼ぶ。熱を孕《はら》んだ眼差《まなざ》しが見下ろしてくる。

『……カズキ』

その名前を口に出しただけで、鼓動《こどう》が高鳴り、胸の中に甘やかな感情が広がった。

心が震《ふる》える。

愛《いと》おしくて、頭がどうにかなりそうだ。

込み上げてくる思慕のままに、カズキのやわらかい唇《くちびる》にくちづけた。その弾力《だんりょく》を味わうように何度か啄《ついば》み、ちゅくっと吸い上げる。舌先で上唇《うわくちびる》と下唇の隙間《すきま》を舐《な》める。

根気強く舌先で辿《たど》っているうちに、少しずつそこが緩《ゆる》んできた。しどけなく開いた隙間から、誘《さそ》うようなピンク色の舌先が見え隠れして、たまらなくエロティックだ。

彼の口腔《こうこう》内に押し入る瞬間は、幾度《いくど》経験してもぞくぞくする。

唇の間に舌を差し込み、濡《ぬ》れた粘膜《ねんまく》をゆっくりと押し開いていく。整然と美しい歯列を舌先でなぞり、熱い舌を捕《と》らえ、絡《から》ませ、甘噛《あまが》みし、じっくりと味わう。時折、彼がこちらを翻弄《ほんろう》するかのように逃《に》げを打ち、抗う。そんな勝ち気な恋人を追い詰《つ》め、屈服《くっぷく》させるのも悦びのひとつだ。

『……んっ……ふ』

恋人が漏《も》らす甘い吐息《といき》が耳殻《じかく》を擽《くすぐ》り、それだけで体が熱くなる。

蕩《とろ》けそうに熱い口腔内を味わいながら、体勢をゆっくり入れ替《か》えた。今度は上になったアシュラフは、シャツの裾《すそ》から手を忍《しの》び込ませ、カズキの素肌《すはだ》をまさぐった。わずかに火照《ほて》り、しっとりと汗《あせ》ばんでいる。興奮し始めている証《あかし》だ。

引き締まった脇腹《わきばら》から若々しい張りを持つ胸へと手を移動させる。

手のひらに吸いつくような滑《なめ》らかで整った肌理《きめ》は、東洋系特有のものだろう。

本人は生まれつきだから、それがどれだけ素晴《すば》らしい美質であるかに自覚がないようだが、おそらくは世界中のセレブリティが、この肌《はだ》質を手に入れるためならば財を投げ打つのに躊躇《ちゅうちょ》しないはずだ。

瑞々《みずみず》しい肌に色づく胸の飾《かざ》りを指で摘《つま》むと、カズキがぴくんっと震えた。相変わらずの感度の良さに、アシュラフは口許《くちもと》に笑《え》みを刷《は》いた。

適度な弾力を持つ果実のようなそこを、いずれ弄るだけで達するまでに恋人《こいびと》を開発することも、アシュラフの野望のひとつだった。愛撫《あいぶ》に応《こた》えて可憐《かれん》に勃《た》ち上がり、グミのように指を押し返しはするが、いまはまだそこまでには至っていない。

だが焦《あせ》る必要はない。

生涯《しょうがい》連れ添うことを思えば、開発の時間はたっぷりあるのだ。

むしろ少しでも長引かせ、できるだけじっくりとそこに至る過程を味わいたい。

摑《つか》んだ突起《とっき》をやさしく引っ張り、くにゅりと押しつぶす。あるいは先端《せんたん》に爪《つめ》を立て、軽く引っ搔《か》く。

『……っ……ッ』

カズキが喉《のど》を震わせ、漏れそうな声を押し殺した。男としての矜持《きょうじ》のためか、理性が残っている間は、なるべく嬌声《きょうせい》を堪《こら》えようとする。そんなところがまた征服欲《せいふくよく》を搔き立てるのだが、本人はわかっていないらしい。

シャツのボタンを外し、合わせを開く。

シミひとつ、くすみひとつない白い肌が現れた。ぷっくりと勃ったふたつの乳首《ちくび》が、透明感《とうめいかん》のある肌に彩《いろど》りを添えている。形といい色といい大きさといい完璧《かんぺき》な胸の飾りを、アシュラフはうっとりと見下ろした。

『なんで……いつもそんなにじっと見んだよ？』

上目遣《うわめづか》いのカズキが不満げな声を出し、口を尖《とが》らせる。かわいらしいその仕草に、アシュラフは唇を横に引いた。

そんなこともわからない恋人がたまらなく愛おしい。

『なんでなのか自分で考えてみろ』

含《ふく》み笑いでそう囁き、つんと尖った唇をちゅくっと吸った。

『わかんないから訊《き》いて……んんんっ』

さらに、首や鎖骨《さこつ》にくちづけの痕《あと》を落としながら、右の乳首まで辿り着く。先端を口に含み、ざらりと舐め上げると、カズキが『ひぁっ』と声をあげた。とりわけ右が弱いのは百も承知だ。舌先で粒《つぶ》を転がし、同時に左手で左の乳首を、右手は耳朶《みみたぶ》を弄る。

『んっ……ンッ』

だんだん声を我慢《がまん》できなくなり、甘い吐息がひっきりなしに零《こぼ》れるようになってくる。こうなったらもはや陥落《かんらく》させたも同然だ。

右手で股間《こかん》に触《ふ》れると案の定、そこはもう熱を持って張り詰めている。若くて熱しやすい体は、アシュラフの手がジーンズの上からかすかに触れただけで、びくっとおののいた。

『……楽になりたいか？』

こくこくとカズキが首を縦に振《ふ》る。

素直な恋人に微笑《ほほえ》み、アシュラフは『よし、いま楽にしてやる』と請《う》け負《お》った。

ジーンズのボタンを外し、ファスナーをジリジリと下げる。下着ごとジーンズを脱《ぬ》がすのを、カズキが腰《こし》を浮《う》かせて手伝った。一糸纏《まと》わぬ姿となった恋人《こいびと》の中心で、持ち主に似てスレンダーで形のいいペニスが、髪《かみ》と同じ色の叢《くさむら》からゆるやかに勃ち上がっている。

恋人のすべてを堪能《たんのう》するために、アシュラフはすぐには手で触れず、まずはじっくりと視線でフォルムをなぞった。

『…………』

まとわりつくような執拗《しつよう》な凝視《ぎょうし》に、カズキがもぞっと腰を蠢《うごめ》かせる。なおも炙《あぶ》るような眼差しを向けていると、それだけで感じたのか、先端からとろっと蜜《みつ》を溢《あふ》れさせた。

感度の良さを、頭を撫《な》でて『よくできたな。いい子だ』と誉《ほ》めてやってもいいところだ。だが、恋人の官能を高める方法を熟知しているアシュラフは、逆のリアクションを取った。

『見られただけで興奮して濡らしたのか？』

嬲《なぶ》るような低音に、カズキがカッと顔を紅潮させる。

『で、……だって……あんたが……』

『俺が？　どうした？』

きゅっと唇を噛《か》み締《し》めた恋人の、勝ち気な双眸《そうぼう》に浮かぶのは、苛立《いらだ》ちと羞恥《しゅうち》。

その後もアシュラフが敢《あ》えて放置し続けると、濡れた瞳でこちらを睨《にら》み、もぞもぞと腰を蠢かす。唇を舌で舐め——ついに掠《かす》れた声で『触《さわ》ってよ』と懇願《こんがん》してきた。口にして気が楽になったのか、アシュラフの手を摑んで自分の股間に引き寄せる。

『……触って』

甘え声の「お願い」に苦笑《くしょう》し、アシュラフは漸《ようや》く動いた。

カズキの左脚《ひだりあし》を持ち上げて肩《かた》に掛《か》け、股間に顔を埋《うず》める。ペニスの根元を手で支え、先端の滑《ぬめ》りを舌で舐め取った。手の中の欲望《よくぼう》がびくんっとおののく。

舌先で尿道口《にょうどうぐち》を抉《えぐ》ると、ぶるっと腰を震わせた。亀頭《きとう》の滑らかな感触《かんしょく》を存分に味わったのちに、根元を手で支えたまま先端を口に含んだ。ゆっくりと喉の奥まで沈《しず》めていく。

『あ……あ……あ』

カズキが途切《とぎ》れ途切れの喘《あえ》ぎを漏らす。

アシュラフはいったんすべてを口腔内に収めてから、唇を窄《つぼ》めて圧をかけ、扱《しご》くように顔を上下させた。

『んっ……あッ……いいっ……気持ち……いいっ』

じゅぷじゅぷという水音とカズキの嬌声が鼓膜《こまく》を震わせる。上目遣いに窺《うかが》う先で、恋人は薄《うす》く唇を開き、恍惚《こうこつ》とした表情を浮かべていた。

快感の波をやり過ごすためか、眉《まゆ》をひそめて頭を左右に振る仕草が艶《つや》っぽい。

どこが弱いかを重々わかった上で、アシュラフがわざと敏感《びんかん》なポイントを避《さ》けて舌を使うと、もどかしげに腰をグラインドさせる。

時に腰を突《つ》き出す。

『もっと……アシュラフ』

カズキが上擦《うわず》った声で乞《こ》い、アシュラフの髪に指を絡ませた。髪をきゅっと引っ張るのと同
『……もっと』

より大きな快感を得ようとするポジティブさも、アシュラフの好みだった。

カズキはただされるがままの抱《だ》き人形ではない。欲しければ自分から貪欲《どんよく》に求めてくる。だからこそ魅力《みりょく》的なのだ。

双球《そうきゅう》を袋《ふくろ》ごと扱き、根元を指で作った輪で締め上げ、舌と唇《くちびる》で竿《さお》を余すところなく舐《な》めしゃぶる。次第《しだい》にカズキの息が荒《あら》くなり、喘ぎ声も激しくなってきた。

『で……出る……出るぅっ』

いいから出せと促《うなが》すがごとく、アシュラフは愛撫を深めた。

根元を絞《しぼ》っていた手を離《はな》し、尻《しり》の奥に指を伸《の》ばす。体液でぬるんだアナルに中指を刺《さ》し入れ、前立腺《ぜんりつせん》のあたりをぐっと押した。

『――ッ――』

びくびくっと痙攣《けいれん》してカズキが達する。

恋人が吐《は》き出したものを、アシュラフは余さず受けとめ、嚥下《えんか》した。カズキがその身から出したものは体液ですら愛《いと》おしく、舌に甘く感じられる。

『はっ……はっ……は、ぁ』

大きく胸を喘がせる恋人の顔は、絶頂の余韻《よいん》にぼんやりしていて、どこか幼く見えた。

『よかったか？』

『……ん』

こくりとうなずく恋人の唇を啄《ついば》み、頭を撫でる。

ミルクを舐めたあとの子猫《こねこ》みたいなうっとりとした表情で頭を撫でられていたカズキが、はっと我に返ったように身を起こした。

『あ……じゃあ今度は俺……』

アシュラフの股間に顔を埋めようとするカズキを、そっと手で押しとどめる。

『いや……いい』

『え？　でも……』

介添《かいぞ》えがなくとも、恋人の痴態《ちたい》や声だけですでに充分《じゅうぶん》に昂ぶっている。

彼の手を摑み、天空を仰《あお》ぐ欲望を握《にぎ》らせると、こくっと息を呑《の》んだ。

『それよりも早くおまえの中に入りたい』

耳に唇を押しつけ、耳殻《じかく》に囁《ささや》いた刹那《せつな》、薄茶《うすちゃ》の双眸がじわりと潤《うる》んだ。

『アシュラフ……』

その瞳《ひとみ》が欲望でふたたび濡《ぬ》れ始めたのを認めたアシュラフは、恋人《こいびと》を寝台《しんだい》に四《よ》つん這《ば》いにさせた。自身は膝立《ひざだ》ちになって、カズキの後孔《こうこう》に張り詰《つ》めた欲望を当てがう。先端《せんたん》を少し食《は》ませると、引き締まった白い尻がひくんっと揺《ゆ》れた。切っ先を咥《くわ》え込んだ薄赤《うすあか》い肉が、卑猥《ひわい》にヒクつく。

ココでイクことを覚えてしまったら、もう普通《ふつう》のセックスでは満足できない。

そう仕込んだのは、誰《だれ》あろう自分だ。

その上で、他《ほか》の誰と抱《だ》き合ってもカズキが満足できないように。

世界でただひとり、自分にしか反応しないよう――恋人の体を造《つく》り替《か》える。

毎回、そう念じながら恋人を抱く。

腰に両手を添《そ》えたアシュラフは、少しずつ力を入れて、カズキの身を穿《うが》った。傷つけないよう、細心の注意を払《はら》ってじわじわと埋めていく。

早急《さっきゅう》に奪《うば》いたいと逸《はや》る気持ちを抑《おさ》えつけ、慎重《しんちょう》に体を押し進めた。

一刻も早くひとつになりたい欲求《よっきゅう》は切実だが、傷つけたいわけじゃない。たとえこの先の快感が一時の苦痛を凌《しの》ぐとしても、愛するひとにできるだけ苦しい思いはさせたくなかった。

『ん……んっ……大き……っ』

肩胛骨《けんこうこつ》が綺麗《きれい》に浮き出た背中をしならせ、カズキが苦しそうに呻《うめ》く。

『苦しいか？』

問いかけにふるっと首を横に振った。

『だいじょ…ぶ……く……あっ……っ』

しかし強がりも長くは続かない。

アシュラフはカズキに覆《おお》い被《かぶ》さるように身を倒《たお》し、汗《あせ》で濡れた肩先にくちづけた。きつく締め上げられ、自身も苦しかったが、もちろん退くつもりはなかった。

『もう……少しだ。あと少しで……入る』

あやすように囁き、恋人のペニスを握って扱く。カズキが細く息を吐いた。強《こわ》ばりがわずかに緩《ゆる》んだのを察して一気に根元まで押し込む。ぱちゅっと結合音が響《ひび》いた。

『……はぁ……はぁ』

汗で光る恋人の背中一面に、アシュラフはキスの雨を降らせた。

本来は受け入れる場所でない秘処を自分に明け渡《わた》し、こうして受け入れてくれただけで、胸が甘苦しく騒《さわ》ぐ。込み上げてくる熱い想《おも》いを口にした。

『……愛している……愛している……愛している』

何度繰《く》り返しても足りない気がする。

おのれの気持ちを表す適切な言葉が見つからない。

もどかしくも狂《くる》おしい切なさに胸を震《ふる》わせ、アシュラフは繰り返した。

『……愛している……カズキ……俺の……運命《マスイール》』

するとまるで睦言《むつごと》に応《こた》えるように、アシュラフを包み込んでいるカズキの肉がきゅうっと引き絞られた。危《あや》うく持っていかれそうな締《し》めつけに息を詰める。

『…………っ』

『…………動いて』

恋人《こいびと》の濡れた声が懇願した。

『アシュラフ……あんたので擦って……いっぱい……』

淫《みだ》らな要望に瞠目《どうもく》する。だがやがてふっと唇に笑《え》みを刷《は》いた。

かわいい恋人の「お願い」を退ける理由は、どこをどう探しても見当たらない。

『望みどおりに』

つぶやき、ずるっと腰《こし》を引いた。抜《ぬ》けるギリギリまで引いて、ずんっと押し込む。

『あぁっ』

悲鳴をあげたカズキが背中をたわませた。恋人の声のトーンに官能を嗅《か》ぎ取ったアシュラフは、狭《せま》いそこを容赦《ようしゃ》なく穿ち続ける。

浅く、深く、時に角度を変え、恋人を貪欲に貪《むさぼ》った。

『っ……ん、あっ……んンっ』

カズキが喉《のど》を反らして嬌声《きょうせい》を放つ。

一度達した恋人のペニスは再度勃《た》ち上がり、先端から蜜《みつ》を溢《あふ》れさせていた。濡れたシャフトと蜜袋《みつぶくろ》を両手で握り込み、快感を揉《も》み出すように扱《しご》く。それと同時に前立腺を擦り上げると、カズキが腰を揺らしてよがり啼いた。

『あぁっ……あっ……あぁっ……』

半開きの口から透明《とうめい》な唾液《だえき》が滴《したた》る。

『だ……め……も、う……だ、……』

感じすぎたのか、膝がガクガクと震え、ほどなく前のめりに頽《くずお》れた。顔をリネンに埋《うず》めたカズキから、アシュラフはゆっくりと抜け出る。放心している恋人をひっくり返し、脚《あし》を大きく開脚《かいきゃく》させ、今度は正常位でずぶりと埋《う》めた。

『ひっ……』

根元まで埋め切るなり、官能の源に狙《ねら》いを定め、集中的にそこを突く。

『あうっ……』

結合部から体液が染《し》み出し、ぬぷぬぷと淫らな水音が響いた。アシュラフの腹筋に擦《こす》れたペニスがびくびくと跳《は》ねる。アシュラフの欲望《よくぼう》も恋人の熱い秘肉に揉《も》みくちゃにされて、いまにも爆ぜそうだ。

『あっ……あぁ……アッ！』

カズキが秒速で絶頂への階《きざはし》を駆《か》け上がっていくのが、小刻みに痙攣する内股《うちまた》の強ばりと、アシュラフを締めつけている肉のうねりでわかる。

恋人が感じている快感を我がことのように感じた。

いまこの瞬間《しゅんかん》、同じ感覚を共有しているという一体感が、さらに体を昂ぶらせる。爆発《ばくはつ》してしまいたいのをぐっと堪《こら》えて、恋人がその瞬間を迎《むか》えるのを後押しした。

『アッ……アシュラフッ……』

カズキが名前を呼んだ直後、ひときわきつい締《し》めつけが訪《おとず》れ、彼が達したことを知る。ぴしゃりと熱い飛沫《ひまつ》を腹筋に浴びた。

絶頂の余韻の波動の中で、アシュラフもまた自身を解放させる。

恋人の最奥におのれを解き放つ——至福の時だ。

この世で自分にだけに許された特権だと思うと、痺《しび》れるような歓喜《かんき》が体中を駆け巡《めぐ》る。

『……ふ……ぁ』

二度目の絶頂に脱力《だつりょく》し、はぁはぁと胸を喘《あえ》がせる恋人の上に、呼吸の荒《あら》い体を重ねた。お互《たが》いの肌《はだ》は汗でびっしょり濡れていたが、ふたつの鼓動《こどう》がぴったりと重なり合う感覚は、最高に気持ちよかった。

恋人の湿《しめ》った前髪《まえがみ》を掻《か》き上げ、滑《なめ》らかな額にちゅっとくちづける。

『……カズキ』

『……ん？』

少し眠《ねむ》そうな、とろんとした表情のカズキがこちらを見た。

『……愛している』

おそらくすでに数百回は口にしたであろう告白に、それでも恋人は幸福そうに微笑《ほほえ》み、アシュラフの二の腕《うで》をぽんぽんと叩《たた》いた。

そうしたあとで、アシュラフがいま一番欲しい言葉をくれる。

『俺もだよ』

アシュラフ×東堂和輝

3

ゆっくりと降下し始めたプライベートジェットの窓に、シャムスの首都バージの全貌《ぜんぼう》が映し出された。

窓に張りついた俺の口から、思わずテンションの高い声が飛び出す。

『すっげーっ』

それくらいに眼下の景色は壮観《そうかん》だった。

一瞬《いっしゅん》マンハッタンかと錯覚《さっかく》する高層ビル群。その高層ビルも、ただの縦長のバーではなく、一棟《とう》一棟がランドマークになり得るほどに個性的だ。近未来的なフォルムの建築物が聳《そび》え立っているかと思えば、アラビアンナイトに出てくるような宮殿《きゅうでん》風の建物もある。

海面に迫《せ》り出した埋め立て地の湾《わん》には、LAのマリブビーチさながらたくさんの大型客船やヨットが停泊《ていはく》していた。

遠くに見える青々とした芝生《しばふ》と丘陵《きゅうりょう》はゴルフ場だろうか。おそらく人工のものであろう湖もいくつか見えた。点在する湖は蛇行《だこう》した運河で繋《つな》がっている。

ジオラマみたいな鳥瞰図《ちょうかんず》に魅入《みい》っていると、隣《とな》りのシートのアシュラフが、『バージの近代化はドバイと双璧《そうへき》だからな』と言った。

今日のアシュラフは他国の王室表敬訪問ということで、正式な民族衣装に身を包んでいる。胸《むな》もとに刺繍《ししゅう》の入った白のトウブの腰にシルクサテンのサッシュを巻き、その上に金糸で縁《ふち》取《ど》りされたシルクのローブを羽織っている。袖口《そでぐち》にも宝石やパールで美しい飾《かざ》りが施《ほどこ》された豪《ごう》華《か》なローブだ。

頭には房飾《ふさかざ》りの付いたカフィーヤ。指には大振《おおぶ》りの宝石。金の宝飾品《ほうしょくひん》やカラット数の大きい宝石を身につけて成金趣味《しゅみ》にならないのって至難の業《わざ》だと思うんだが、そこはさすが幼少時から貴金属を玩具《おもちゃ》代わりにしてきた男は年季が違《ちが》う。決して成金にはならず、それでいて自らのゴージャスな風貌《ふうぼう》を引き立てるように上手《うま》く付けこなしている。

俺もさすがに今回はスーツにした。連れの俺が場を弁《わきま》えない格好だと、主賓《しゅひん》のアシュラフの品位まで疑われてしまうからだ。

アシュラフにもらった（正確には送り付けられた）テーラーメイドのシングルブレステッドスーツで、色はわずかに光沢《こうたく》のある黒。

はじめて袖《そで》を通したが、びっくりするほど着心地《きごこち》がいい。生地《きじ》もやわらかくて、これだったらいつものジーンズとシャツより楽なくらいだ。ネクタイも結んだけど、こっちは慣れないから息苦しくて、いまは少しノットを緩《ゆる》めている。

『ドバイかぁ』

　言われてみればたしかに、以前マラークへの渡航《とこう》のトランジットで立ち寄ったドバイも建設中のビルが多くて、投資マネーが集中している「時の勢い」が感じられた。その後、いわゆるドバイバブルが弾《はじ》け、一時の勢いはやや失速していると聞くが。

『バージの発展は、週単位で目まぐるしく開発が進んでいたかつてのドバイに比べると、もう少しスローだ。外貨頼《だの》みだったドバイと異なり、シャムスはもともとが豊富な埋蔵《まいぞう》量を誇《ほこ》る産油国だからな。自己資金で開発を進めている分、計画的で安定感がある』

『ふぅん』

『ドバイのような急ピッチな開発は魅力《みりょく》的な投資対象となるが、反面リスクを伴《ともな》う。自然や遺《い》跡《せき》を破壊《はかい》する危険にも繋がりかねない。マラークにおいてはドバイを反面教師、シャムスを手本とし、緩やかな上昇《じょうしょう》を目指したいと思っている』

　アシュラフが、祖国マラークの経済をいかにして発展させ、国情を安定に導くかを常に頭の中で模索《もさく》しているのは知っていた。

　アシュラフにとってそれは、三百六十五日、二十四時間、片時も頭から離《はな》れない命題だ。

　いつだったか、アシュラフに尋《たず》ねたことがある。

　――あんた、なんでそんなに仕事すんの？

　小国とはいえオイルマネーが潤沢《じゅんたく》な国の王族なのに、なんで自分の時間を犠牲《ぎせい》にしてまで働くのかと、当時は不思議だったのだ。

なにがそんなにアシュラフを駆《か》り立てるのか、と。

その疑問に対する答えが、『マラークの経済発展のため』だった。

神からの恵《めぐ》みである資源には限りがある。何十年か先、石油が尽《つ》きる日のために、恩恵《おんけい》を受けられるいまこそ、資源に頼《たよ》らずとも運営していけるような国の基盤《きばん》を整えておくことが肝要《かんよう》なのだとアシュラフは言った。

王位を継《つ》ぐことも子孫を残すこともできない自分が、国民のためにできるのは、未来のマラークを支える優良企業《きぎょう》を育て、雇用《こよう》を確保し、長期に亘《わた》って経済と政治を安定させること――そう語ったアシュラフの目は、静かな闘志《とうし》に燃えていた。

それこそが、第一王子でありながら、王位継承《けいしょう》権を放棄《ほうき》した自分の負うべき責務であると思っているんだろう。

そのためにも、シャムスの近代化は格好のロールモデルなのかもしれない。

そしておそらくだが、先見の明のあった故《こ》ファサド前王も、そう考えていたのではないか。

だからこそ、ひとり娘《むすめ》のマリカをシャムスの国王に嫁《とつ》がせた。

現在でもアラブの国では、王族同士の婚姻《こんいん》が一番強固な友好条約だ。

マリカがふたりの世継《よつ》ぎを産んだいま、シャムスとマラークの絆《きずな》は揺《ゆ》るぎないものとなった。

ファサド前王の先行投資は実を結んだのだ。

『シャムスは湾岸《わんがん》で一番インフラの整備が進んでいる国だ。幹線道路などの道路網《どうろもう》の完備はもとより、まだ限定エリアとはいえメトロも走っている』

東京には地下鉄や電車が縦横無尽《じゅうおうむじん》に張り巡《めぐ》らされているけれど、中東の国においては移動手段のメインはなんといっても車だ。だけど車社会には渋滞《じゅうたい》が付きもの。

俺がマラークにはじめて来た時も、昼の渋滞に捕《つか》まってしばらくリムジンが動かなかった。移動時間が読めないのは、ビジネスのあらゆる局面においてデメリットに働く。

『安定したインフラは経済の発展に必要不可欠だ。俺とラシードは、いずれマラークの中心部にメトロを通したいと考えている』

『……そっか』

（ゆくゆくは地下鉄を通すことまで考えているのか）

マラークは、首都ファラフこそ車社会だが、国土の半分を占《し》める砂漠《さばく》地帯ではいまだにラクダが移動手段に使われている。

正直、メトロ開通まで辿《たど》り着くのは気が遠くなるような長い道程だと思うけれど、アシュラフとラシード、そして次期国王リドワーンの力を合わせれば、いつかは到達《とうたつ》できそうな気がする。

そう期待させるなにかが、彼ら三兄弟にはある。

そしてできることなら俺も……彼らの力になりたい。

俺なりにマラークの発展をサポートしたい。

いまはまだ自分になにができるのか、具体的にはわからないけれど。

胸にそんな希望を宿した時、機長の声で着陸を知らせるアナウンスが流れ、シートベルト着用のサインが点灯した。


マラークに二日滞在《たいざい》した俺とアシュラフは、かねての予定どおりに翌日の午後、プライベートジェットでシャムスの首都バージの国際空港に降り立った。

国際空港からは王室のヘリで、バージの中心部に位置する王宮へ向かう。

ヘリの窓から見える景色は、完全に大都会のそれだ。マラークの首都ファラフも充分《じゅうぶん》に都会だと思っていたが、こうして低空から見ればレベルの差は歴然だった。

競《きそ》い合うように林立する高層ビル。オブジェのような独特なデザインの建物。広大な面積を誇るショッピングモール。湾岸沿いの水辺に建つ高級ホテル。

まだ開発中と思《おぼ》しきエリアもたくさんある。建設途中《とちゅう》のビルもいくつか見えた。

幹線道路は最低でも片側四車線、多いところでは六車線以上ある。狭《せま》い東京じゃこうはいかない。道路自体も新しいせいか、よく整備されていて綺麗《きれい》だ。運河にもたくさんの鉄橋がかかっており、アラブ式の船——ダウ船が往《ゆ》き来しているのが小さく見える。

バージもファラフと同様、砂漠を緑地化した人工の都市だ。

至る所に人工の運河が流れ、緑も豊かなこの都市が、かつて不毛な砂漠《さばく》だったなんてなんだかぴんと来ない。

（夜飛んだらすげー綺麗だろうな）

眼下の景色がライトアップした様を想像しているうちに、ヘリはシャムス王宮上空に到達していた。

シャムス王家の宮殿《きゅうでん》は、都心のど真ん中と言っていいポジションにある。

上空から望む広大な敷地《しきち》は、マラークの王宮とほぼ同じか少し広いくらい。

石造りの建物が渡《わた》り廊下《ろうか》や回廊《かいろう》で複雑に連結し、モスクや尖塔《せんとう》、大小取り混ぜた中庭や森、池、水路を内包しつつ、巨大《きょだい》なパレスを形成しているのも同じだ。

連なる建物のひとつに向かってヘリが急降下する。

屋上ヘリポートに着地すると、ブレードの回転が緩やかに止まった。

空港まで迎《むか》えに来てくれた侍従《じじゅう》がまずヘリを降り、次にアシュラフ、最後に俺の順で屋上に降り立つ。

一角にプールを有する広大な屋上は、ここだけで運動会ができそうな広さだ。

すでに出迎《でむか》えの宮廷《きゅうてい》スタッフ三名が待機しており、中でも一番位が高いと思われる立派な体格の中年男性が一歩前に進み出て、アシュラフに恭《うやうや》しく傅《かしず》いた。

『アミール・アシュラフ。ようこそおいでくださいました。由緒《ゆいしょ》あるハリーファ王家のアシュラフ殿下《でんか》にお目にかかれて光栄でございます』

『出迎えご苦労』

アシュラフが鷹揚《おうよう》に労《ねぎら》う。

『宮廷次官のサーリムでございます。殿下とお連れ様のご滞在中のお世話をさせていただきます。なんなりとお申し付けくださいませ』

サーリムの誘導《ゆうどう》で建物の内部へと入り、三人でエレベーターに乗り込んだ。俺たちのトランクは、次のケージで侍従たちが運んでくれるらしい。

どうやらシャムスの王宮はかなり近代化が進んでいるようだ。マラークの宮殿にはそもそもエレベーターがない。さほど階層が高い建物でないせいもあるが、造られた年代も関係しているだろう。この建物は、比較的《ひかくてき》近年リノベーションされたのかもしれない。

目的の階に到着《とうちゃく》したケージから、サーリムが先に降りた。開閉ボタンを押して俺たちが降りるのを待ち、また先頭に立って歩き出す。

マラークの王宮は、トラディショナルなアラビック様式だったが、この王宮はずいぶんとモダンな造りだ。要所要所にガラスやステンレスが使われているし、逆にいかにもイスラム建築的な金細工やタイルモザイクはほとんど見かけない。アンティークな置物や調度品も飾《かざ》られておらず、全体的にすっきりしている。

顔が映り込みそうにピカピカに磨《みが》き上げられた石の廊下を数分歩き、ようやっと王宮の中核《ちゅうかく》へ辿り着いた。宮殿に入ってからが長いのは、マラーク王宮と同じだ。

衛兵を退かせたサーリムが、透《す》かし彫《ぼ》りの美しいアーチ型の二枚扉《とびら》を開く。現れたのは、見上げるようなドーム天井《てんじょう》を持つホール――謁見《えっけん》の間だ。

『陛下、アシュラフ殿下とお客人のご到着です』

そう告げたサーリムが、さっと身を退き、アシュラフに道を譲《ゆず》る。

謁見の間に足を踏《ふ》み入れたアシュラフに、俺も続いた。ブルーのアラベスク織りの絨毯《じゅうたん》を革《かわ》靴《ぐつ》で踏みしめて歩く。

ホテルのロビーかと見紛《みまが》うような吹《ふ》き抜《ぬ》けのホールは、白を基調としたシックな空間だった。だがよく目を凝《こ》らせば白い壁《かべ》や天井、円柱などに精巧《せいこう》で美しい彫《ほ》り物が施《ほどこ》されているのに気づく。とりわけ壁面《へきめん》に花を意匠《いしょう》としたレリーフがびっしりと彫り込まれているのは圧巻だ。差し色として純金が効果的にあしらわれており、やはりここは宮殿なのだと納得《なっとく》がいく豪奢《ごうしゃ》な造りだった。

左右の壁の中二階の高さにアーチ型の窓が並び、ステンドグラス越《ご》しに明るい陽射《ひざ》しが差し込んでいる。陽光に煌《きら》めくシャンデリアは、大小取り混ぜたクリスタルをふんだんに使ったものだ。

　ホールの正面には玉座が据《す》えられていた。玉座と言っても肘賭《ひじか》け椅子《いす》ではなく、四本の支柱で支えた天蓋《てんがい》付きの台座に長椅子《ながいす》が設《しつら》えられたものだ。

　その長椅子に、民族衣装を着た男性と女性、そしてふたりの子供が座していた。

　近づくアシュラフを迎えるために、男性と女性が立ち上がる。

　白のカフィーヤを被《かぶ》り、立派な口髭《くちひげ》を蓄《たくわ》えた男性は、四十代に乗ったか乗らないかといった歳の頃。威風堂々《いふうどうどう》とした佇まいからも、シャムスのアクバル国王その人であることは間違《まちが》いない。

　女性は彼よりはずっと若く、二十代の後半だろう。金糸の縁取《ふちど》りで飾《かざ》られた黒のアバヤを身につけ、頭をやはり黒のビシャーブで覆《おお》っているが、くっきりと大きな目が印象的な美人だ。どことなくアシュラフに面立《おもだ》ちが似ている。

　シャムス王妃《おうひ》であり、アシュラフの妹でもあるマリカに違《ちが》いなかった。

　イスラムの国々では、王妃といえども女性が公《おおやけ》の場に姿を見せるのはめずらしい。政治や神事は男性の仕事であり、女性は男性の庇護《ひご》の下で子育てや家事に専念するものとされているからだ。

　実のところ、アシュラフやリドワーンの母であるファサド前王の第一王妃は、王宮のハーレムに籠《こ》もった生活をしており、俺もまだその姿を拝見したことはなかった。

　マリカがアシュラフの妹である事実を差し引いても、謁見の間にこうして夫や子供と共に立つのはエポックメーキングなことであるように思えた。シャムスがスタイルだけでなく、その考え方も革新的な国家である証《あかし》だろう。

『よく来てくれた、アシュラフ！』

アクバル国王が両手を広げて歓迎《かんげい》の意を示す。互《たが》いに歩み寄ったアシュラフと国王は、握手《あくしゅ》を交《か》わしたあとで抱《だ》き合った。

『おひさしぶりです、陛下』

『ファサド国王の葬儀《そうぎ》以来か。相変わらずの男ぶりだ。いろいろな方面から噂《うわさ》は聞いているよ。事業で大変な成功を収めているらしいな』

『陛下の偉業《いぎょう》にはとても敵《かな》いません。シャムスの近代化と発展にはハリーファ王家としても見習いたい点が多々あります。ぜひとも陛下のご意見をお聞かせください』

年下の義兄《ぎけい》にねだられたアクバル国王がまんざらでもない顔で、『それに関しては別途《べっと》時間を設けよう』と応じた。

『お兄様』

マリカがアシュラフに声をかけ、優美な正装姿の兄を誇《ほこ》らしげな眼差《まなざ》しで見つめる。

『マリカ』

アシュラフが妹を軽く抱き締《し》め、マリカは兄の頬《ほお》にキスをした。その様子から、兄妹《きょうだい》仲が良好であることが窺《うかが》える。

『元気そうだな』

『はい、元気にやっております。お兄様もご健勝そうでなによりです』

にっこりと微笑《ほほえ》んだマリカが、『ナジム、マタル』とふたりの息子《むすこ》の名を呼んだ。

『おまえたちの伯父《おじ》様よ』

小学校低学年くらいの少年と、幼稚園《ようちえん》年長くらいの少年が、母のアバヤの陰《かげ》からひょこひょこと顔を覗《のぞ》かせた。アシュラフを見上げ、眩《まぶ》しいものでも見るように、長いまつげに縁取られた黒目がちな目をぱちぱちと瞬《またた》かせる。

『そうか。おまえたち、伯父上に会うのは初めてか』

父親であるアクバル国王がつぶやき、マリカが『ええ』と答えた。

『父上の葬儀には連れて参りませんでしたから。この子たちはまだ第二の祖国であるマラークの地を踏んだことがないのです』

『写真では見ていたが……ずいぶんと大きくなったな』

アシュラフが身を屈《かが》めて、初対面の甥《おい》っ子たちに手を差し伸《の》べる。まずは背が高いほうの手を取った。

『ナジム？』

少年がこくんとうなずく。初めて言葉を交わす母方の伯父に緊張《きんちょう》しているのか、口許《くちもと》をぐっと引き締めている。

『いくつになった？』

『六歳』

『ふむ。ナジムは父上似だな。意志が強く賢《かしこ》い目をしている。きっと父上のような立派な王になるに違いない』

『ほんと？　お父様に似てる？』

ナジムの顔がぱーっと明るくなった。

『ああ、本当だ』

次にアシュラフはチビのほうを向き、その小さな手をやさしく握《にぎ》った。

『マタルはマリカの母似だな』

『お祖母《ばあ》ちゃま？』

『そうだ。俺たちの母上だ。祖母に似て慈悲《じひ》深い心を持ち、国民に愛される王子となることだろう』

マタルが照れたように顔を赤らめる。

『伯父様にお言葉をいただいてよかったわね、おまえたち』

マリカが目を細めて子供たちの頭に手を置いた。兄に子供たちを会わせることができてうれしそうだ。

ひととおりの挨拶《あいさつ》が済んだ頃合《ころあ》いを見計らってか、アシュラフが後ろで控《ひか》えていた俺を振《ふ》り返った。来いというふうに手で招く。ネクタイのノットの位置をいま一度正し、気合いを入れ直した俺は、背筋を伸ばして前へと進んだ。

アシュラフとのつき合いの中で世界中のセレブリティを紹介《しょうかい》されて、そこそこセレブ慣れしているものの、一国の国王相手はやっぱり緊張する。

『日本から来ました、友人のカズキ・トウドウです』

アシュラフが俺の背中に手を添《そ》え、アクバル国王に紹介した。至って簡潔だが、それ以外に言い様がないのもわかる。

アクバル国王がアシュラフの性癖《せいへき》を知っているかどうかはわからないが、仮に知っていたとしても、この場で恋人《こいびと》とは言えないだろう。

『はじめてお目にかかります、陛下。東堂です』

アラビア語で名乗りを上げて一礼した。さすがの俺もここは敬語だ。

『我々の言葉を？』

驚《おどろ》いた顔つきのアクバル国王に、アシュラフがやや自慢《じまん》げに説明する。

『カズキは学生ですが、先々外務省に入省して中東と日本の外交をサポートしたいとの目標を持っており、そのためにアラビア語を学んでいるのです』

『……ほう』

感嘆《かんたん》したような表情を浮《う》かべ、アクバル国王がにこやかに片手を差し出してきた。

『非常に立派な目標です。アシュラフの友人は私の友人でもある。シャムスは貴方《あなた》を歓迎します』

アクバル国王の言葉が、決してうわべだけのリップサービスでないのは、マラークと関《かか》わるようになり、アラブ人を身近に知るようになって理解したことのひとつだ。

アラブ人の一番の徳――イスラムの誇りの真骨頂は、客をもてなすことにある。

アラブ人はよく「パンと塩に誓《ちか》って」と口にする。これは、自分の家で食事を与《あた》えた者、日本流の言い回しならば「同じ釜《かま》の飯を食った者」は、なにがあってもその身を保護するという意味だ。その信念に基《もと》づき、昨年の夏に俺がマラーク宮殿《きゅうでん》から連れ去られた際も、アシュラフは身の危険を顧《かえり》みずに敵地へ乗り込み、俺を救い出してくれた。

握手のあとでアクバル国王が『トーキョーからいらしたのかな？』と尋《たず》ねてくる。

『はい。東京から参りました』

『トーキョーには私も行ったことがある。時間に正確な鉄道とメトロは素晴《すば》らしいの一言だ。トーキョーはシャムスの目指すロールモデルのひとつです。そして日本と我がシャムスは深い関わりがある。現在シャムスの原油取引の筆頭が日本国であり、メトロ開通の折は日本の企業《きぎょう》に大変世話になった。また毎年日本からたくさんの方がシャムスを訪《おとず》れてくれている。日本はシャムスの良きパートナーです』

『有り難《がた》きお言葉、痛み入ります』

ちょっとくすぐったい気分で謝辞を述べた。

別に俺が感謝されたわけでもないんだが、こういう時は自分が日本代表のような気分になるから不思議だ。

『我々は日本からもっとたくさんの人にシャムスを訪れてもらいたいと思っている。日本国の代表として我が国に対する意見をお聞かせいただけると有り難《がた》い。——どうか四年に一度の祭典「シャムスワールドカップ」を楽しんでいってください』

『ありがとうございます』

国王の言葉に俺がお辞儀《じぎ》をした時、ギィ……と背後の扉《とびら》が開いた。

開閉の音に誘《さそ》われた国王の視線が扉へ注がれ、俺とアシュラフも背後を振り返る。

開かれた扉には、ひとりのほっそりとした女性が立っていた。

小豆《あずき》色のアバヤを纏《まと》い、同色のビシャーブを頭から被《かぶ》っている。アバヤの上からも、すらりと手脚《てあし》が長く、スタイルがいいのがわかった。

『お兄様、ただいま戻《もど》りました』

『レイラー、ちょうどよかった』

アクバル国王が手で招き、女性が軽《かろ》やかな足取りで近づいてくる。間近で見る彼女は、俺と同年代に見受けられた。

アクバル国王とはかなり年が離《はな》れているが、きょうだいが多いこちらではめずらしいことじゃない。ちなみにアーモンド形の黒い瞳《ひとみ》が印象的な美人だ。

『アシュラフ、末の妹のレイラーだ。ワールドカップ観戦のために一昨日《おととい》帰国して、今日は朝から外出していたのだ。レイラー、マラークのアシュラフ殿下《でんか》だ』

紹介を受けたレイラーが『はじめてお目にかかります、殿下。レイラーと申します』と挨拶した。

『はじめまして、レイラー。アシュラフです』

アシュラフが右手を差し出し、レイラーが軽くその手を握る。

『ビジネスマンとしてもご高名な殿下にお会いできて光栄です』

アシュラフを前にしても物怖《ものお》じしない。イスラムの女性としてはめずらしいタイプだ。

レイラーが俺を見て、こちらは？　という表情をしたので、アシュラフが『友人のカズキです』と紹介してくれた。

『今回ワールドカップを観戦できる滅多《めった》にない機会だと思い、シャムスに誘いました』

『日本の方ですか？』

流暢《りゅうちょう》な英語でレイラーが俺に話しかけてくる。イスラムの女性が自国語以外を話せるのは、高度な教育を受けている証拠《しょうこ》だ。

『はい、東京から来ました』

『トーキョー……いいですね。私も一度行ってみたいです』

レイラーが「東京」に反応して目を輝《かがや》かせる。シャムス王家は、総じて日本に好印象を抱《いだ》いてくれているらしい。

産油国の王族に好意を持たれて、日本にプラスこそあれ、マイナスはない。

『ぜひ遊びにいらしてください。よろしければご案内します』

そう思った俺が社交辞令半分で誘うと、不意にアシュラフが『ところでレイラー』と俺たちの会話に割り込んできた。

『一昨日帰国したということは、普段《ふだん》は国外に滞在《たいざい》を？』

『米国におります。カルフォルニア大学のロサンゼルス校で国際関係学を勉強中です』

『ＵＣＬＡに？』

アシュラフが片眉《まゆ》を持ち上げる。ＵＣＬＡは言わずと知れた州立大学の名門で、外国籍《がいこくせき》の学生の入学は特に難しいと言われている。レイラーは才色兼備《さいしょくけんび》だということだ。

『ではラシードと同窓ですね』

『ラシード？』

『ああ、失礼。弟です。昨年の夏にＵＣＬＡを卒業したばかりなので』

『まぁ、偶然《ぐうぜん》ですね！』

レイラーが大きな目をますます大きく見開く。

『弟君の学部はどちらですか』

『政治学を学んでいたはずです』

少し考えるふうだったレイラーが『そういえば』と言った。

『地元の新聞にお写真が載《の》っていたのを思い出しました。ラシード殿下はお母様が英国の方で、金の髪《かみ》が印象的な方ですよね。でも、残念ながら大学でお見かけしたことはありません。昨年卒業ということは私とは二学年違《ちが》いますし、UCLAのキャンパスはとても広いですから』

『学生の人数も多いですしね。私もラシードが在学中に訪れたことがあるのですが、緑が豊かで、素晴らしい環境《かんきょう》だという印象を持ちました。図書館の蔵書も大変に充実《じゅうじつ》していた』

『そうなんです。すべての図書館を合わせると八百万冊以上の蔵書があります。博物館もありますし、教授も著名な方が揃《そろ》っていて……本当に素晴らしい環境ですわ。あのような場所で勉強できるのは幸せです』

レイラーはUCLAに愛情を抱いているらしい。母校を語る表情は生き生きと輝いていた。

『話が弾《はず》んでいるようだな』

少し離れた場所でアシュラフと妹の会話を見守っていたアクバル国王が、にこやかに話に入ってくる。レイラーが兄に向かって『はい』と答えた。

『アシュラフ殿下は米国では知らない者はいない有名な御方《おかた》ですので、お会いできてうれしいです。できれば後程《のちほど》、お仕事のお話もうかがいたいですわ』

末妹の希望にアクバル国王がややデレ気味の笑《え》みを浮かべ、『そうさせていただきなさい』

と言った。年の離れた妹が可愛《かわい》くて仕方がないといった様相だ。

国王も人の子だな、ちょっと微笑《ほほえ》ましい……。

そう思った直後、アクバル国王が命じる。

『レイラー、滞在中のアシュラフ殿下とご友人のお相手をおまえに任せる。明日は夜にレセプションパーティが開かれるが、それまでの時間、ご希望の場所に案内しなさい』

（えっ？）

その命令に違和感《いわかん》を覚えた。

王族に――しかも女性にアテンドをさせるなんて……と思ったからだ。

わざわざレイラーにそんな手間をかけさせなくても、さっき出迎《でむか》えてくれたサーリムで事足りるはずだ。アシュラフもそう思ったらしく、怪訝《けげん》な顔をしている。

訝《いぶか》しげなアシュラフに、アクバル国王が向き直った。

『どうだ？　この際レイラーを娶《めと》るのは？』

冗談《じょうだん》めいた口ぶりではあったが、内容が内容だけにその場がどよめく。どよめきの一瞬《いっしゅん》後、一転して謁見《えっけん》の間は静まり返った。

（って、レイラーをアシュラフの嫁《よめ》にってこと⁉）

国王の爆弾《ばくだん》発言にその場の全員が虚《きょ》を衝《つ》かれ、押し黙《だま》ったが、当のレイラーもびっくりした様子で目を瞠《みは》っている。

こちらもしばし瞠目《どうもく》していたアシュラフが、ほどなく気を取り直したように目許《めもと》を和《やわ》らげた。

『陛下、ご冗談が過ぎます。レイラー殿《どの》も困っていらっしゃいますよ』

やんわりと義弟《ぎてい》を窘《たしな》め、矛先《ほこさき》を躱《かわ》そうとしたが、アクバル国王は誤魔化《ごまか》されるつもりは毛ほどもないようだ。

『決して冗談などではない。ふたりが婚姻《こんいん》を結べば、マラークとシャムス、両家の繋《つな》がりはさらに強化になる。両国が末長い友好関係を結ぶことは、ひいてはアラブ諸国の平和に繋がるはずだ』

真剣《しんけん》な面持《おもも》ちで義理の弟を口説く国王は、どうやらアシュラフの性癖《せいへき》を知らないらしい。

(本気でアシュラフを気に入ってるんだろうな。だから、可愛い妹の婿《むこ》にと白羽の矢を立てた……)

だがアシュラフが乗り気でないのを察したのか、説得口調になる。

『アシュラフ、忙《いそが》しくてなかなかその気になれないのかもしれないが、きみもそろそろ身を固めていい年齢《ねんれい》だ。いや……遅《おそ》いくらいだ。持てばわかると思うが子供はかわいいものだぞ』

目を細めて愛妻と子供たちを見つめた国王が、ふたたびアシュラフに視線を向ける。

『身内びいきと笑われるかもしれないが、レイラーは若く美しく、さらに賢《かしこ》い。ハリーファ王家の婚姻相手として血筋も申し分ない』

『お兄様！』

『それは……もちろんそのとおりです』

レイラーが困惑《こんわく》の声をあげ、アシュラフは控《ひか》えめに肯定《こうてい》した。

『きみのような男と見合うだけの女性はそういないだろう。だがきみとレイラーはお似合いだと私は思う。それはこの場の皆《みな》が認めてくれるはずだ』

『陛下』

神妙《しんみょう》な顔つきのアシュラフがおもむろに口を開く。

『お気持ちは大変に有り難《がた》く……またそのように思っていただくのは光栄の至りです』

国王とレイラーの矜持《きょうじ》を傷つけないように、慎重《しんちょう》に言葉を選んでいるのがわかった。

『しかし、私の献身《けんしん》はマラークにあり、父の没後《ぼつご》一年経《た》っておりませぬ故《ゆえ》、まだ当分の間は身を固めるつもりはありません』

断るに上手《うま》い大義名分だと思ったが、国王は納得《なっとく》しなかった。

『たしかに没後一年は父上の喪《も》に服すべきだ。では一周忌《いっしゅうき》が過ぎれば考えてくれるか？』

『……………』

粘《ねば》り腰《ごし》で追及《ついきゅう》されたアシュラフが返答に窮《きゅう》する。

すると兄の苦況《くきょう》を見かねてか、マリカ王妃《おうひ》が『陛下』と夫を呼んだ。

『兄は本日レイラー様に会ったばかりです。心の準備もありましょう。あまり性急に回答を求めても……』

妻に諫められ、アクバル国王が『そうか』とつぶやく。

『いささか気短《きみじか》過ぎたかもしれぬな。ふたりがあまりに似合いなので心が急《せ》いてしまった。申し訳なかった』

素直《すなお》に謝罪した国王が、それでも諦《あきら》めきれない顔で妹に告げる。

『とにかく明日はおまえがおふたりをご希望の場所へ案内しなさい』

レイラーは一瞬物言いたげな表情を浮《う》かべたが、兄の強い言葉に圧《お》し負けたようにうなずいた。

『わかりました、お兄様』

KADOKAWA RUBY BUNKO

絶対者《ぜつたいしや》の恋《こい》　上

岩本《いわもと》　薫《かおる》

角川ルビー文庫　R122-8　17704

平成24年12月1日　初版発行

発行者——井上伸一郎
発行所——株式会社角川書店
東京都千代田区富士見2-13-3
電話/編集(03)3238-8697
〒102-8078
発売元——株式会社角川グループパブリッシング
東京都千代田区富士見2-13-3
電話/営業(03)3238-8521
〒102-8177
http://www.kadokawa.co.jp
印刷所——旭印刷　製本所——BBC
装幀者——鈴木洋介

落丁・乱丁本は、送料小社負担にて、お取り替えいたします。角川グループ読者係までご連絡ください。(古書店で購入したものについては、お取り替えできません)
電話 049-259-1100 (9:00〜17:00/土日、祝日、年末年始を除く)
〒354-0041　埼玉県入間郡三芳町藤久保550-1

ISBN978-4-04-100593-4　C0193　定価はカバーに明記してあります。